心里满了,就从口中溢出

# 豆子芝麻茶

杨本芬 著

广东人民出版社
·广州·

# 目录

**上篇　过去的婚姻**　　　　　　　1

　　秦老太　　　　　　　　　　　3

　　湘君　　　　　　　　　　　　33

　　冬莲　　　　　　　　　　　　53


**下篇　伤心的极限**　　　　　　　95

　　妈妈　　　　　　　　　　　　97

　　胞兄　　　　　　　　　　　171

上篇

过去的婚姻

# 秦老太

## 一

遛狗时认识了六十六岁拾荒的秦老太。秦老太一副邋遢模样,脸上沟壑纵横,一年四季风雨无阻地穿梭在小区,停留在各个垃圾箱旁翻着垃圾。

认识后,若碰到都会打招呼。早上说声:"好早啊!"若见到她塑料袋鼓鼓的便说:"今天捡了蛮多啊。"这样慢慢熟络起来。

每日遛狗老是和她相遇,她会自得地告诉我她的收获。一日,捡到一只鸡,她对我说:"你看这只鸡弄得几干净，看这小小的脚，还是只土鸡。"有时捡到的是一把泛黄的空心菜或芹菜，她说："一年四季不买菜也吃不完，垃圾箱里多得是东西。"

我试探着问："你老伴一个人在家？"

她手一挥："痴呆了，只会坐着。"

我说："你蛮辛苦，还要照顾老伴。"

她说不碍事，她晚上还要看书到很晚。我也喜欢看书，一下来了兴致，我说："想不到你还喜欢看书，把你的书借给我看看好吗？看完就还给你。"

她说："我明天按你门铃，你下来拿。"

第二天听到门铃响，一看是她，我喜出望外，连忙下楼去拿书。她拿出的书是一本脏兮兮的《故事会》和一本连环画，想来也是垃圾箱里拾来的。这让我大失所望，我说："我不看小人书了。"

早晨站在阳台边，十有八九能看到秦老太在垃圾箱里扒拉东西。她把垃圾箱里一袋一袋的垃圾拿出来，放在地上，一个一个打开寻找她需要的什物。夏天，她剪着比许多男人还短的短发，总是穿着花里胡哨很短很短的套头汗衫，一弯腰就露出一截背，一条膝盖以上的花短裤，一双红色塑料拖鞋，两条弯弯的黑腿如划船一般在小区路上匆匆行走。

我从没看过有人和她打招呼或是聊天。她也许把我当成了唯一能跟她说话也愿意听她说话的人。

一日，遇见秦老太，她说："走，去我工作室看看。"

"你还有工作室？"我大惊！

她的工作室原先是个车库，挺大的。靠墙码着她日积月累捡来的纸壳子，一捆一捆的纸壳子码得如墙壁一般整齐，当中空着的水泥地面扫得一尘不染，那便是她工作的地盘。

"你真了不起，纸壳子能让你码得这般整齐，得花多少气力。"我惊叹不已。

"这是我的至爱，我整天就是和它们打交道，当然得搞得齐齐整整。"

她指着屋子比画道："原先这里搁了一张大床，这边有把睡椅，墙上挂个电视机，现在好了，这屋子归我一个人用了，够宽敞的。"

我说："老伴睡楼上了？"

"没有，上月死了。死了好，把我害苦了。他得了那个癌症，阴囊肿得有西瓜大，流脓流血，有时大便搞在身上，我得用手一捧一捧弄掉，臭死人。"她伸出瘦骨嶙峋、青筋爆出的双手，"我只要我的小孩答应我一件事，我死了千万不要和老东西埋在一块。我再也不要和男的一起过日子了，哪个都不要。在阳世算脱了身，在阴间千万莫搞在一起。就让我自己过自己的日子，谁我都不麻烦。"

工作室看过了，她邀请我去她家里坐坐。家就在车库上方的一楼，没有装修，水泥地面拖洗得泛着青光。她说房子有六十多平方米，是老伴厂里分的，写的是老伴的名字。老伴病重时，儿子们虎视眈眈地盯着这房子。她没和儿子们商量，把房子改到了自己名下。

家倒不似工作室那般整洁，两室一厅，客厅有一张沙发，上面胡乱堆着被子。沙发对面一个年代久远的柜子上，放了台一看也是年代久远的电视机。跟着她穿过客厅到了阳台上，阳台不大，扫得一尘不染。前面没有房子挡着，太阳铺开在地面上，白得透明的阳光几乎能用手捧起来。阳台前方是一片空地，栽着柚子树和桂花树，树叶在一方云天之下簇簇拥拥。树叶深处看不见的地方，传来鸟雀细碎的啁啾。

"别人都封闭阳台，我才不封，敞开着好晒太阳，补钙。"秦老太面色自得地说着。接下来的举动却把我惊呆了：当着我的面，她脱掉上衣，让整个上身裸露在阳光下，扁扁的两只乳房毫无精神地挂在胸前。"我经常这样搓澡，真正的日光浴。"她双手搓着胸部，满脸笑意地说，搓得鲜红的胸部有极少的泥垢在皮肤上蠕动。

我担心地看看两边："会有人看到你吗？"

"不会。"

"我泡杯龙井茶你喝。"她一边穿回上衣，一边起身。

"不要，真不要，我带了水。"我从包里拿出保温杯。

"我说，你的口音蛮好懂的，你是哪里人？"

"我是湖南人。我的话呀，南腔北调，让别人能听懂就行了。我今天情绪不好，找你聊天算找对人了。"

"你还情绪不好？你那么好的条件。"

"因为膝盖疼老折磨我，我总觉得生活没有意思，也不知道自己活着的意义。"

"老都老了，还意义呢。能活着就不错了。我觉得我现在活得好，很自由。如今的生活才是属于自己的生活，再没有人伤害我了。如果伤害可以记载，从出生到现在，我的心早就千疮百孔了。"

我如梦初醒般看着她，才发现她不仅仅是个整天转悠在小区、翻看每个垃圾箱的老太。她说出的这番话让我刮目相看。

"我是个很高傲的人，没有朋友。别人不理我，我也不理别人，你是个例外，我把你当成初交的朋友。"

"那我很荣幸啊。"

话匣子这就打开了，下面便是秦老太对我讲的故事。

## 二

我老家是浙江嘉兴。父亲兄妹四个,父亲排行老三,是家中唯一的男丁。

爷爷有两个老婆,父亲是二房生的,大房没孩子。二房原先是爷爷的丫鬟,让我爷爷搞大了肚子,收为二房的。浙江人重男轻女,大姑二姑都没读多少书,父亲读了大学,毕业分到山东临沂师范学院教书。他长得黑,但很帅,教音乐,很有女人缘。他的女同事和女学生,很多都喜欢他。

母亲原来是父亲的学生,和父亲结婚时,肚子里已有了我。因为怀孕和生我,母亲不能投考艺术学校,她这一生都把这笔账算在我头上,说是我害她误了前程,她不认我这个女儿。她恨我,从我生下来的那天起就恨。她出生在大户人家,还算是个大家闺秀呢,可是你不知道她对我的那种恶毒……可是并不是我要出生的,我是无辜的呀。

我出生没多久,母亲就把我送到她姐姐那儿,几年后才接回来。我没吃过她的奶,也从没感受过什么"母亲温暖的怀抱"。

我回到父母身边的时候,他们的婚姻早已不和谐了。母亲和父亲吵架打架,父亲也渐渐不让步,彼此的厌恶一天天积淀,随时都会爆发。

我懂事起就整天听到父母吵架。一吵了架,母亲就把气撒在我身上,我不惹她她都要打骂我。"你这个灾星,害了我一辈子。你这个害人精怎么不死,要害我到几时?!"这是她常常声嘶力竭冲我叫骂的话。

母亲吵闹,一个重要原因是不放心父亲。父亲回家晚一点,她就吵,咄咄逼人,非要刨根问底他干什么去了。父亲一副玩世不恭的样子,就是不告诉母亲。

一次吵架,母亲提着装有开水的热水瓶砸向父亲。那篾壳热水瓶嘭的一声掉在地上,亮亮的瓶胆碎片摊开一地。倒霉的还是我,要把这些玻璃打扫干净。幸亏是冬天,穿得厚,父亲没伤着。他们吵架打架都无视我的存在，我已看惯了，也不害怕，看着他们打，如看斗鸡一般，好像他们打架根本不关我的事一样。

我就是在这样的家庭里长大的。

母亲长得还算好看，但没有工作，人又懒，觉得自己会画点画，很了不得。我八九岁起就要做所有的家务，还被嫌弃做得不够好。我要上学，好多家务事做不完，母亲就毒打我，掐我的脸和手，用脚踢我踹我。

一次父亲实在看不下去，和她吵，问她自己怎么不做事。母亲说她在家里是最小的，从来不做事，十指不沾阳春水。"怎么样，你们能拿我怎么样？"

父亲气得不行，两人吵到要离婚。父亲说："离就离，这日子没法过了。"那时离个婚不容易，要经过多次调解，"宁拆十座庙，不毁一桩婚"。就在这调解的过程中，父亲被划为右派。

这下婚也就顺利地离了，他们问我跟谁，我选择跟父亲。父亲被下放到安徽定远县一个偏僻的村子，十多岁的我和他一起到了乡下。

白天父亲出工，我上学。我成绩很好，喜欢看书，是个好学生。只是我很孤独，言语不通，远远地望着人群，却无法接近，嘴里就像含着个苦栗子，苦涩得难以下咽。

更苦涩的是，爸爸脾气变得很坏。在外面对人点头哈腰，回到屋里关上门，他不是阴沉着脸，就是对我发一顿狂躁的怒火。我怕他。

我们住在两间废弃的屋子里，屋子里有一个陈旧的木楼梯，通向阁楼。阁楼屋顶有两片明瓦，有太阳的日子，便有两道宽宽的光柱穿过明瓦射进来，灰尘在光柱里飞扬，如同正下着毛毛细雨。我经常躺在楼板上，躺在光的毛毛细雨里，双手枕着后脑勺想心事。我想自己长得漂亮。我想有个喜欢我的父亲，用慈爱的眼睛看着我。我想像别的女孩一样能牵着父亲的手，仰着头娇娇地看着父亲，絮叨着，发出咯咯的笑声。我天天想啊想啊，怎么也想不明白，母亲怎么会一生下来就不要我？我现在为什么会在这乡下面对一个暴戾的父亲？

楼梯十分陈旧，每踏上一步便发出吱呀一声。也许是我太寂寞，我喜欢这声音，它伴随我上上下下，如一个玩伴一样和我不离不弃。更何况上得楼来便有一种安全感，避免父亲无来由的打骂。一次我又急急忙忙上楼去做我的白日梦，一不小心从楼梯上一头栽到楼下，不偏不倚，正倒栽在楼梯下的水缸里。幸亏缸里水不多，又有两片缸盖挡了一下，我很快爬了出来，毫发无损。

我换上干衣服，双手托着脸坐在楼梯上想："要不要告诉爸爸呢？爸爸知道了肯定是对我一顿毒打。"还没拿定主意，父亲就回来了，我的心几乎吓得要跳出来，眼睛一刻也没离开过他。看着父亲去缸里舀水煮饭，我怯怯地走到他面前，又怯怯地对他说："爸爸，这水不能煮饭，我刚才掉进水缸里了，这水很脏。"

父亲愣了几秒钟才反应过来，他一把抓住我的头发，把我的头往墙上撞，一边说："怎么没淹死你？怎么没淹死你？你这个讨债鬼！"这一阵撞击让我头痛欲裂，眼冒金星。我强忍着，把嘴唇咬出了血也没哭。

那晚我没吃饭，拿着一把剪刀上了楼。我痛啊，气啊，气父亲下手太重，手一摸头就痛，还鼓起两个大包。我把气撒在头发上,用剪刀把自己的头发一阵乱铰,感觉没法抓住才放手。

从此以后,我一直没留过长头发,一辈子男不男女不女。

那年冬天出奇的冷,冷风细流般地往屋子里吹,绵长、锋利。我无法躲在楼上了,风无孔不入,我如同坐在一个冰窟里。我走到外面,看到一堆稻草。我太想烤火了,就返回屋里点了一支蜡烛,又抓了一小把稻草点燃,想把自己烤烤暖和。万万没想到那火顺着风势,瞬间就把那堆稻草烧着了,真的太快了。我慌慌张张跑回家里,爬到楼上,吓得全身像筛糠一般。

那个寂静冬天的黄昏,我把队上的一小堆稻草烧得精光。

终于听到队干部上门来了,他们质问父亲为什么教唆孩子放火,批评他一个"右派"不老实改造,反而做着反对政府的坏事。父亲像个罪犯,低头站在那里,连连说着:"我没教育好孩子,对不起党,对不起政府,对不起领导，今后一定改，一定改。"

我也像个罪犯一样从楼上下来，低头站在队干部面前，解释自己实在太冷了，想烤烤火，其实只抓了一小把稻草，风太大，一下把那堆稻草烧燃了，不关父亲的事。可是我的话不起作用。

父亲突然飞起一脚，直朝我的后腰踹来。这一踹差点要了我的命，我一下趴倒在地上站不起来了——我的尾骨断了。大家七手八脚把我抬到床上，我就像一堆被霜打的野草一样，奄奄一息地趴在那里。

我痛得呼天喊地，茶饭不思，连厕所都上不了。几天下来，痛得不成人形。我想我要死了，这次死定了，死定了。我用头撞墙，想快点死。慢慢地，我连喊叫的力气也没有了，痛得人不像人鬼不像鬼。父亲这才请求队上准假，把我送到了二姑家。

是二姑救了我。去看医生时才发现，脓都流到脊椎骨里了。我天天吃药、打消炎针，半年里一直趴着睡，半年后才能慢慢站起来。你不相信吧？

## 三

"听着你讲的这些,我的心都在颤抖,怎么会不相信呢?"

她欠起身子,褪下裤腰,要我看她的尾骨。我又望望四周,她说:"放心,没人。"

她尾骨那里凹下去一个洞,呈青白色,还有两条皱纹,这凹下去的地方能放半个乒乓球。我这辈子也没见过这样的身体,触目惊心。我很害怕地轻轻摸了摸那个洞,生怕弄痛它。当我抬起头来,眼睛居然被泪水蒙住了。

她若无其事地说:"你还伤心,我都不伤心了。"

"真不知你是怎样过过来的,那么小的年纪,遭受这样的苦痛。"

她手一挥,说:"也过过来了,还活着。"

"你再看我的脖子。"她把脖子凑过来让我看。她的脖子像是动过大手术,留下了一圈疤痕。

"脖子动过手术?"

"没有。"

秦老太继续讲她的故事。

## 四

我在二姑家住了半年。二姑有五个孩子，负担太重，一大家子人就够二姑和姑父对付了。我便写信要父亲接我回去。

回到父亲身边，我的尾骨和脊椎还没完全好，脖子上又生了好多疖子，围着脖子一个接一个。疖子到了一定时候会穿孔，里面流出像洗米水一般混浊的东西，又腥又臭。那苍蝇啊围着我飞，我到哪里，它们就飞到哪里。我拿着一把烂蒲扇不停地拍打，赶走了又飞回来，赶走了又飞回来。这病有个俗称，叫老鼠打洞，是个人见人嫌的病。那时候我大概有点像济公。

我又回到二姑那里。二姑每天上山采一把草药，用石头砸烂，敷在我脖子上，再用布包好。每天一次，不到两个月，脖子好了，洗净草药，留下了这些疤痕。

自从尾骨受伤后，脊椎也受了伤，书也没读了，更做不了重活，我就只在家帮父亲做饭洗衣，也没挨过打了。

我十六岁那年还没来月经。那段时间，我发现有个六十多岁的老头子隔三岔五地找父亲。这人长得精瘦，尖嘴猴腮，小眼睛贼溜溜地转。见到父亲，两人就嘀嘀咕咕，不知说些什么。

一天，父亲忽然问我："你多少岁了？"

我说："满十六岁了。"

"十六岁在农村可以结婚生子了，我已替你找好了一户人家，过几天有人来接你。"

"我不结婚，你看我这个样子，人家还以为是个男的。我还小，不想结婚。背和尾骨还痛，到了别人家里不能不做事，要我走也得让我身体完全恢复好。"

爸爸烦躁地说："这事没有什么好商量的，人家日子都看好了，我不能出尔反尔。"

"我知道你想尽早摆脱我。爸爸，你对我就没有一点疼惜？我是你的女儿啊，你要看着我往火坑里跳？"

"这怎么叫让你往火坑里跳？人家成分好又有劳力，比跟着个'右派'父亲会好得多。我这是为你好。"

"不要讲得那么好听。你那一脚差点让我成了残废，难道你一点点都不内疚？现在身体还没好，你就要把我赶走。"

"我顶着个'右派'帽子，不那样做能行吗？"

"至少能轻点。你是想踢死我，只是没如你愿，没踢到头，踢到头我也许就死了。"

"不要讲这些有的没的，不去也要去，去也要去。"

话讲得如此决绝，我和爸爸的情分也到此为止了。

过了几天，那个瘦老头子来了，他和父亲打过招呼，说："可以走了吗？"父亲点点头，跟他说："拜托了。"又转身对我说："带着你的东西跟伯伯去，他是个好人，不会害你。"

跟着这人大概走了四十几里路，一路上我横竖不开口，没和他讲一句话。七弯八拐总算到屋了，一堂屋的人毫不客气地盯着我。我害怕得要命，恨不得有个地洞钻进去躲起来。

瘦老头子叫我:"小秦,这就是我给你找的对象家,以后这里就是你的家。你要听话,手脚勤快些,好好做事。"

我茶都没喝一口,也没搞清哪个男子是我的对象,人群中就有个中年妇女对我喂了一声:"还站着,去做饭呀!"

我丈二和尚摸不着头脑。这时一个男的——就是我对象,他倒起了怜悯之心——走过来,让我跟他去灶屋。背后传来了他们的谈话声,只听一个女的说:"要得要得。"灶屋里堆满了红薯,锅碗瓢盆乱七八糟地堆在灶上案板上,我不知该干什么。

那男的拿了些红薯给我,说:"洗干净,煮熟。"又指着一碗饭说:"这碗饭是父母吃的,把它热热。以后每餐就煮这么多红薯。妈拿米给你,你就煮点饭,饭是父母吃的,没我们的份。菜在门前地里,自己去摘。"

我把这些听在心里。吃饭时,我才偷偷注意到,挨着我所谓的丈夫站着的,还有六个弟弟妹妹,各人手里擎着一碗红薯，就那样站着吃。一碗酸菜摆在桌上，是他父母的下饭菜。

红薯润肠通便，长时间吃红薯，饭碗一放，一伙人第一件事就是冲进茅坑去解决问题。这让我忍俊不禁。

太阳沉到山那边去了，天变成灰灰的一片，暗了下来。阴历的九月，天黑得早了，终于要上床了。我跪倒在床上，像一个被虐待的孩子，哭啊哭啊。也不知道是哭自己还是哭他，心里一片空白，只是想哭。也许是压抑得太久了，现在哭居然有个人听。我想，有一个陌生人听我哭，也很知足。

最终我还是躺下了。他向我身上爬来，我步步退缩，退无可退了，他压上了我。我的背和尾椎一阵剧痛，痛得我一声惨叫。这惨叫是本能发出的，撕心裂肺地痛啊！他吓得不轻，滚到一边，喘息着，连连说："我没碰你啊！我没碰你啊！"

我同样喘息着说："我是因为痛！"我们就像打了一大架，彼此打累了，需要片刻的歇息。

不知过了多久，我好不容易爬下床（我总觉得那木床特别高），点了灯，上床坐好，望着他。那张扁平的脸虽不讨我喜欢，但显然不至于恶毒，我要把我的苦楚和盘托出，求得他的谅解。

"我不知我父亲是怎样对你讲的，我的伤势很重，不知哪天才能好。请你把我退回去吧。"

他说："家里弟妹多，穷，我二十九岁了才结到这个婚。这次媒人那里还花了不少钱，退是不会退的。"

一日三餐的红薯，我也开始步他们的后尘，一吃过饭就要冲向厕所。粪池很大很深，上面搁着几块板子，踩上去还会软一下。这一软总能把我吓得汗毛倒竖，想着要是断了，就要掉进那成坨的大便和成堆的蛆蛹中。那茅坑没有隔板，能彼此看到裸露的屁股。有时碰到那人的父亲，我羞得掉头就跑。可那润肠通便的红薯由不得你，大便该出来就要出来，好几次我只好跑到附近山上去解决。

其实那男的对我还好。就是一年有半年吃红薯，还吃不饱，要这么吃一辈子，想想都怕。上厕所也是个无法解决的问题。我受不了。

我一直没放弃逃跑的念头,整天想着怎么逃跑。

十八岁那年,我生下了大女儿。女儿三个月大时,我带着她逃了。

那几天,我每天早早起来努力做事,以免引起他们的怀疑。一天早晨,我起来煮了一锅红薯,把装着几件衣服的布包挂在身上,又拿张黄裱纸包了几个熟红薯,就上路了。

三月的早晨依然很冷啊!寒风凛冽,像巴掌一样扇在脸上,我在灰蒙蒙的天空下抱着女儿踽踽独行。后来天大亮了,我站在大路上,天又大又空,自己渺小薄脆,前路不晓得在哪里。

生怕他们来找,我加快脚步直奔火车站。我早就悄悄地攒了一点钱。父母对我不好,我早有脱离他们的想法,只想攒钱。记得十三岁时,我们那里修铁路,铺铁路要很多石头,我就去打石头赚钱,赚来的钱交些给母亲,自己藏些。这些藏起来的钱,现在派上了用场。

几经周折,我回到嘉兴,找到了母亲住的家。我敲门,母亲来开门,一见是我,她飞快地关上了门,连家门都没让我进。

家是回不了了,我抱着三个月大的女儿走投无路,想着去镇上住下再想办法。还好,天无绝人之路,我奶水多,被一家人请去当奶妈。我和女儿便有了栖身的地方。钱是随东家给的,给多少,我就收多少。走投无路时,有人收留就很知足了。

做了一年奶妈,由镇上的人介绍,我嫁了第二任丈夫。他看上去有点斯文,做事慢慢悠悠,甚至憨态可掬。我觉得这样的人靠得住,浑浑噩噩就结了婚,还打了结婚证(第一个没打结婚证),决定和他过一辈子。

万万没想到他是个性亢奋,一个晚上要六七次,可以整晚趴在我身上不下来,持续作战,通宵不睡,弄得我那地方前所未有地痛啊!一上床心就像战鼓样擂得咚咚地响,我怕啊!我觉得他是个魔鬼。

我对他说:"你这是种病态,不正常,要去看医生。"

他态度生硬地说:"我有什么病,我身强力壮,不就是晚上和你多做了几次吗？这就觉得我有病？真好笑。"

我忍着，后来得了严重的妇科病，三天两头跑医院。医生用异样的眼神看我，以为我是个荡妇。我无地自容。我用了各种消炎药，还打了黄体酮。

结婚两年后，我怀孕了。我决定逃，不逃肯定会死在他手里。

我一生都在逃。

我攒了点钱，买张票坐火车到江西南昌去找二姨。小学时学过一首歌："江西是个好地方，好呀么好地方，山清水秀好风光，庐山奇秀甲天下，景德镇瓷器美名扬……"印象极深，我想江西一定是个好地方。

二姨因家里成分不好，跟一个在嘉兴做木工的人跑到了南昌。在南昌，二姨没工作，又生了四个男孩，日子过得紧巴巴。我不忍心连累她，很快又嫁了人。

第三任丈夫是二姨邻居介绍的。当时我没任何要求，除了带着一个拖油瓶，肚里还有一个，别人能要我已经很不错了，何况他还有工作。丈夫是个老实人，没结过婚。我把肚子里有孩子的事告诉他，他也不嫌弃我。他比我大十岁，对我嘘寒问暖，好菜都留给我吃。后来我生下儿子，他视如己出。我为他也生了个儿子。

可是好景不长，我三十一岁那年，丈夫忽然对我若即若离，总是躲着我。我百思不得其解，以为他有了相好。我偷偷观察他，终于有一天我看到他那东西了，那东西的头子烂得像一个开花馒头。如今我一看到开花馒头就会想起那东西，我从来不吃开花馒头。

我带他上医院，医生一看就说，百分之百的阴茎癌，要动手术割掉。他舍不得，事情一拖再拖。

我百般劝他："命重要还是那东西重要？割掉了，我不会丢下你，你放心。我会陪你一辈子，不管你活到多少岁。"

"割掉了你就要守活寡。你那么年轻，我对不起你。我专心吃药打针，也许会好。"

"我们再去看医生，一切都听医生的。我守空房守活寡都不要紧，只要有你在。"

再去看医生，还是要割掉。手术很成功。三十一岁我就开始守空房，当了个活寡妇。（她笑。）

我们像以往一样，过着正常的生活。谁知道癌细胞一直没离开过，居然隐藏在他身上十多年，十多年后又转移到别处。他的阴囊肿起来，如一个葫芦。去看医生，医生说是阴囊癌，要手术方能保住命。他没反对，一切都听我的。手术后，曾经的茂密森林变成了一块光秃秃的平地，地上插了一根导尿管，好似平地上长出一根树苗，小便可以从那里排出来。

不知他哪根筋得罪了病魔，即使是这样的身体也觉得宽待了他。平静的生活没过上几年，他又中风痴呆了，卧床不起，基本不能言语。我照顾着他，有时间还去捡废品，这是我的爱好。有时回来，大便弄了一床，我用手一捧一捧捧掉。

我插嘴："天呀，那有多恶心，你总会戴橡胶手套吧？"

她答："不戴，我捡一天废品都买不起一双手套。"她接着讲述。

卧床三年后他走了，我才真正有了自己的生活，捡废品成了我的消遣。

## 五

有几天没见着秦老太了。从其他老太太那里听说,她拾一块纸板时碰到一个树桩,跌了一跤,不能起床了。

我去她家里看她。按响了防盗门的门铃,等了好一阵才听到她悠悠的声音:"不要急啊,我现在连开个门都不方便了。"

她原来虽然面目显老,但精气神十足。卧床几天,可不再那么劲抖抖了。但让我大惊的是瞥见了她衣服下面若隐若现的臀部。

"你没穿裤子?"

"嗯,我憋不住尿,这样方便。"

"你就不会去买点尿不湿用?你的退休工资够你用的啊,何必那么死省。"

"舍不得买尿不湿。"

"天马上要冷起来了,家里取暖的东西一样没有,你这样冬天怎么过?"

"我对电过敏。"

"鬼才相信。对电过敏,你又怎么能让电灯照,还用电饭煲、电冰箱?"

她先是不语,过一会儿又说:"来,坐,我讲几句话你听,书上看的。'知足之人,虽卧地上,尤为安乐。不知足者,虽处天堂,亦不称意。不知足者,虽富而贫。知足之人,虽贫而富。'"

她继续说:"我再念首诗你听,'春有百花秋有月,夏有凉风冬有雪。若无闲事挂心头,便是人间好时节'。这后面两句呀,就是我的心态。"

谁也不会相信一个拾破烂的老太太能懂得诗词。

"你真人不露相。好吧,随你去。你感到寂寞吗?每天怎样打发时间?"

"我不寂寞,早晨睡到几点就几点起来。吃过早饭,有太阳就坐在阳台上晒太阳。阴天或下雨,我就窝在沙发里看电视。吃过午饭又睡上一觉。吃了晚饭,看会儿电视，洗洗上床。我对生活没太高要求，我快乐地活着，也尽量不麻烦孩子们，他们有他们的事。可惜现在不能出门捡废品了，我就这一个爱好，看样子连这个都要放弃了。腰腿不行，总不能坐个电动轮椅去捡废品吧。"

我起身回家时，她要送我，从椅子上艰难地站起来，步履蹒跚地陪我走到门边。所有动作都那么不容易，但那张沟壑纵横的脸却依然笑着。我不得不佩服她乐观的生活态度和坚决不麻烦儿女的选择，她依然没有被打倒。

过了些日子，秦老太又能出门了。我每天清晨去遛狗，依然总能碰上她。有了什么收获，她总会让我过目。

一日，她从垃圾袋里提出一块黑不溜秋的腊肉，送到我鼻子边，问："香吧？足有两三斤，够我吃一个星期的了。"可是我看到的是一块如被烈火熏过的枯木似的东西，散发着焦煳气味。随即她又拿出一个红色塑料网袋，里面装着几个苹果。"你仔细看，没烂吧？"苹果显然放了很久，上面的皱纹如老人的嘴巴。我也只能说："不错，这星期水果不用买了。"

看着她弯腰和伸腰的艰难，觉得不可思议。我说："别捡了吧，看你的身体大不如以前，要是再跌一跤就不得了了。"

"没办法，硬是闲不住，不到小区转转就觉得还有事没做。人总要做点事，我懒不起来。"

又过了些日子，她坐上轮椅了，还是到了这一步。

因为疫情，小区球场三五天就要做一次全民核酸。就近的铁门，她坐的电动轮椅过不去门槛，必须绕很大一圈走到另一处才进得了球场。做核酸时遇上她，我有意和她一路走回去，讲讲话。她的爱好未改，碰到有垃圾箱的地方，便挂着拐杖，艰难地下车，走到垃圾箱旁，低头弯腰去捡那些废弃的包装盒和矿泉水瓶子。每个纸盒子，她都熟练地撕下胶带，还原成一块纸板，这样就可以插在轮椅边上。这娴熟的手法让我好生佩服。但我终是无法和她走在一起，她捡垃圾时的专注把我排除在外了。

## 湘君

### 一

在共产主义劳动大学分校（我们叫"共大"）读书时，一日，经过学校食堂，看见一个不认识的女生坐在食堂大门口。视线接触的那一刻，我怔怔地看着她，她也怔怔地看着我，好像彼此之间产生了一种吸力。

那是我第一次见到湘君。她穿得并不招眼——黑色洋布衬衫、灰色裤子，细眉长眼，扎着两条短短的辫子，随性地坐在那儿，两条长腿惬意地伸着。浑身上下都透着一股与众不同的气质。那时候，爱美的女孩子夏天都喜欢穿浅色衣服，若有点格子或小碎花就算得时髦了，湘君却只穿深色衣服。彼此相熟之后，她告诉我只穿深色是因为懒得洗衣，言语间不知几洒脱。

初遇后的第二天，她居然也走进了我们师范班的教室。原来她是新来的同学，报到比正常开学时间晚到了些日子。

她总是那样松弛洒脱的模样，但人很安静，几乎不主动说话。她会吹口哨，课间也不出去，常常坐在课桌前顾自吹着口哨。有时快上课了，老师还没进来，教室里一片喧嚷，突然她就开始吹口哨，悠扬婉转的声音一响，教室顿时鸦雀无声。她的口哨就有这么大的魔力。

熟识之后，又知道她花鼓戏也唱得好，一曲《刘海砍樵》，唱得不知几地道几活泼。我快被她迷住了。

湘君经常收到从武汉大学寄来的信，一周至少一封。其他人都难得有信，她却常常收到信，信封上还有"武汉大学"的字样，真是让人羡慕不已。然而湘君根本不看，拆都不拆，收到信就随手丢在床上。

这太让人奇怪了，对写信的人也不公平呀。我实在不解，忍不住问她为什么不读信。她从床上拾起信，递给我："那你替我念吧。"我惊呆了。哪有这样的？这是她的私信呀。然而她硬要我给她念信："念吧念吧，我懒得看，你念给我听。"

好奇心战胜了我的迟疑。我接过信，"武汉大学"几个字跃入眼帘，光这就让我满怀崇拜之情了。

"最亲爱的妻子……"我念道。信居然是湘君丈夫写来的！她就比我大两岁，却已经结婚了，而她又不肯拆丈夫的来信！我压制住内心一个个的惊讶念头，继续念：

知道你已离开家乡，去了江西求学，换个环境也好，希望你能够快乐地生活。我一直没有等到你的音讯，这让我很难过。我知道因我要上大学，使我们的爱情结晶夭折了，这是我的罪过，我对不起你。只能等我毕业了，再加倍地报答、呵护你，让你过上幸福的生活……

下面的缠绵话我都不好意思念出口了,把信递还给她:"不念了,你自己看。"她看也不看,把信胡乱一折塞进信封,打开抽屉,把信封放进去,关上抽屉。那里头已经堆积了不少封武汉大学的来信。真是难以理解啊。

武汉大学的信三四天必有一封,绵绵不断。某天一起从教室回宿舍,我跟她说:"不管你怎么想,好歹给人家回封信嘛。人家肯定盼你的信盼得眼睛滴血,你这样不理不睬太残忍了。"

她回到宿舍就写了一封回信:"辜立平同学,来信收到,我一切都好,无须挂念。"

当着室友倪小珍、王福英和我的面,湘君大声念着自己的回信,信纸在手里来回摆动,一边还说着:"电报式的信,电报式的信。"那一刻,她全然没了平时的斯文安静,变成了一副玩世不恭的模样。

我对这个叫辜立平的武汉大学学生产生了同情,决定给他出个主意,以结束这种无望的局面。地址是很容易获得的,信封上就有。

辜立平同学，我是湘君的同班同学，也是室友和老乡。我觉得你和湘君有太多误会，你想法来趟学校和湘君好好沟通一下，以免你们的婚姻出现危机。

我没写上自己的名字，只是做了个多管闲事的人。

辜立平始终没有来，只是信越发勤了，由三四天一封变成两天一封。湘君依然不看。

## 二

劳动是共大生活重要的组成部分，而且相当繁重。开学一个月后，由班主任时老师带队，去一个叫青铜岭的深山砍毛竹。好几十里山路，一条宽阔的大河始终伴随。水是从山上流下来的，源头不知在哪里。我们要爬上山，砍倒一根根粗大的毛竹，运下山。再扎成竹排，推进河中，让河水把毛竹运到下游。

上山没有路可走，毛竹与灌木遮天蔽日，上山要边砍边走。山上的蚊子小咬奇多，有一种叫麻鸡婆的小咬还没一粒芝麻大,当你的脚感到痛痒,就已经有了蚕豆大的一个包,这包像吹了气一样,瞬间就会胀大到五分硬币大小,奇痒无比,一抓挠又很疼。抓破了便是一个疤痕,不到十天,男同学个个成了烂脚棍。

放竹排也由男同学承担了。扎好的竹排如一只窄窄的小船,拖至河里,每张竹排上站一个男生,手拿竹竿在水里一点,竹排便轻巧滑过水面,朝下游流去。

我和湘君在营地负责给大家做饭和洗衣。

一日,下着密密麻麻的雨,同学们无法进山,我和湘君蒸好了竹筒饭,炒好了菜,走出门坐在屋檐下,看着那麻密的细雨就像一块纱布罩下来,把个大地、山谷、树木笼罩成一片。湘君忽然转脸看着我说:"你是什么原因来投奔江西共大?"

我说:"我正在湖南读着中专,学校忽然停办了。因特殊家庭,父亲饿死了,母亲逃往湖北,哥哥是黑帮分子,家里房子也倒塌了,我无家可归。幸亏有这所学校收留了我,我想好好读书,毕业后有一份工作,能够自食其力,还能帮助两个弟弟上学。"

她点点头。此时我积压许久的好奇喷薄而出:"你能告诉我你为什么来江西共大吗?还有,你为什么结了婚却不回辜立平的信?"

"我被大学开除了,又不想回老家让人指指点点,就来这里了。"

她语气平静,却有一种惊人的坦率。

我的头脑非常凌乱:被开除?这是多么羞耻的事情啊!这样的字眼怎么会跟这么美好的湘君联系在一起?她做了什么不好的事情以至被开除?……我就这么问了。

"因为我怀孕了。"还是那种惊人的坦率。

我才十九岁,从没有关于男人的经验,都不好意思往下问了。她看出来,继续说:"我怀了辜立平的孩子。"

"你们是夫妻,夫妻有孩子这也不算犯错误呀。"我大着胆子说出我的看法。

"我们没有结婚。"

湘君与辜立平是一条街上斜对面的街邻。解放前,湘君的父母开布店，辜家开干货店，卖干鱼干虾干辣椒干海带之类的东西。他俩同岁，小时候一起玩，一起读小学，初中高中都在同一个学校同一个班，是真正的青梅竹马。双方父母心中都认为他们是顺理成章的一对，他们自己也这么认为。湘君漂亮，气质出众；辜立平也不赖，长得清秀，个子也高。

"我原先很爱他的，初恋嘛，眼里全是他，对别个男的看都不看一眼的。"湘君带着一种自嘲的笑容说道。

"后来呢？"我托着腮听入了迷。我对爱情一窍不通，但听上去湘君与辜立平的爱情多美啊。

"高中毕业，我们都考上了武汉大学——说好不分开，大学都是报的同一所。大一那年寒假，为了节省路费，我们留在学校没有回家。武汉的冬天，很冷啊……"

那个冬天他们偷尝了禁果。寒假过去，开学三个月后，湘君发现自己怀孕了。

未婚先孕，这属于生活作风有问题，是要被开除的。辜立平在她面前痛哭流涕甚至下跪，请求她不要说出他的名字。

湘君按他的要求做了。但在他跪下的那一刻,她心中的爱情消失了。那第一次,是他用恳求与半强迫索要的,现在他再次恳求,却是为了隐匿起来。她高高在上地看着他,心中充满蔑视。

三

青铜岭那次劳动中,一个叫高峰的男生砍毛竹时把自己左脚大拇指盖砍掉三分之一。他是县城城关镇上的人,第一次砍毛竹。几个同学轮流把他背下山到营地,伤处鲜血淋漓,很是瘆人。幸亏带了药箱,湘君帮他清洗创口,敷上药膏,扎好绷带。每天换药时,高峰就哎哟哎哟叫,他定是从未吃过这番苦头。他一叫唤,湘君就吹起悠扬的口哨,高峰会忍住疼安静下来。湘君做饭烧火,高峰就搬张小板凳坐她旁边,跟她说笑,时不时递上柴火。

等劳动结束回到校园,这两人丝毫不避人耳目地谈起了恋爱。他们开始把各自的竹筒饭倒在一个盆里,用调羹在一个盆里舀饭吃,时不时还要彼此喂一口。上课时,湘君不再跟我坐一起,理所当然要和高峰坐。

高峰原本是有几分公子哥式的傲慢的,人长得好,父亲是城关镇的一名官员,家庭条件跟多数共大同学完全两样。跟湘君恋爱后,他变了一个人,乖得像湘君身旁的一匹小马驹。

湘君变得快乐极了,原先的沉郁一扫而光。口哨吹得更多,歌唱得更多。她原本就美,恋爱则使她整个人都在发光。她比高峰大两岁,生活上像姐姐一样照顾高峰。高峰的家庭对他很严格,并不给他生活费,以便让他"得到锻炼"。反倒是湘君手头宽裕很多,因为父母心疼这个远走他乡的独生女儿,常给她寄钱。湘君收到钱就和高峰加餐,还带着他去县城街上,出手就帮他买了两套新衣与一双皮鞋,认真打扮起高峰来。

教体育的简左邦老师三十出头,高高个子,乌黑茂密的头发,动辄大笑,常年穿运动服。他是体育科班出身的,教各班的体育,还组织了男女篮球队。我和湘君都是女队的成员。我个矮，但我灵活跑得快；湘君接球稳，投篮准，动作优美，总能赢得一阵阵喝彩声。

田径课上，湘君轻而易举就翻越了一米五的横杠，跳远时也身手矫健。简老师看着她，眼中全是赞赏。

湘君也感觉到了，到了体育课便越发显得快乐，发挥得也越发好。一次跑步比赛中，她遥遥领先地得了第一名，开心得大声笑着，与初入校时沉郁的她判若两人。

简老师有时邀请班上同学去他住处玩。他没结婚，单身宿舍陈设简单，干净整洁。门口放了个泥巴炉子，旁边用编织袋装了点木炭，炉子上搁了一只擦得雪亮的钢精锅。简老师笑着说："我会给自己做点好菜吃。"

一次我和湘君走在一起，路遇简老师。他看着湘君说："晚上来我这里吃兔子肉。"

我感到很纳闷，简老师怎么只叫湘君没叫我呢？我脸上有点挂不住，后来湘君再邀我去简老师那里玩，我就不肯去了。

## 四

还剩最后一个学期就要毕业了,我们将得到一份工作,各奔前程。

一日,我见湘君趴在课桌上,口哨也不吹了,心事重重。后来得知,过两天高峰爸爸要来学校看儿子,实际上不如说是来看湘君。恋爱的甜蜜瞬间像潮水一样退去了,她想到自己比高峰大两岁,光这可能就是一道跨不过去的门槛。何况,她还有个不堪的秘密。

"不用担心,这一天总是要来的。你配得上高峰,大两岁算什么?那件事,你不说谁也不会知道。我会替你严严地守住秘密。"

"我和高峰,我们的相爱很真,我们的心意彼此了解,相遇相知真的好美,我只求能和他在一起。"

其实我也很担心,湘君未必能过得了高峰父亲这一关。

第二天,湘君是无精打采地回来的,我正在寝室等着她,一看就知道事情不妙。高峰爸爸说湘君年龄比高峰大，绝对不行。就这么简单。

湘君与高峰分手的场面成了校园里尽人皆知的谈资。据说湘君凶悍得像只母豹子，对高峰吼道："你要听你爸爸的，就滚走吧！"

这事似乎并没把湘君伤得很厉害，外表看上去她很快就恢复了元气，继续吹着口哨，唱着花鼓戏。篮球场上也常见她飞奔的身影。

时间开始倒计时，校园里的日子过一天便少一天。一日，党委书记徐模章老师召开全校师生大会，要大家如实填写家庭出身。"出身不由己，但道路由自己选择。要忠诚老实，组织上是会去调查的……"如此等等。

我老老实实填了家庭成分：旧官吏。一周以后，下放农村的师生名单贴出来了，我的名字是大红纸上的第一个。下放的老师有四个，简老师是其中之一。

大红纸旁边还有张白纸，是一条开除通告。开除的对象是湘君，理由是她与教师恋爱，影响极坏，等等。

我被这下放搞得晕头转向，痛苦到了极致。对美好生活的幻想像肥皂泡一样破灭了。我感到极度羞耻，感到抬不起头见人。我心力交瘁，想不到湘君此刻的处境，也没有心思去找她问个究竟。趁寝室没人，我拿着一点简单的行李，悄悄离开了学校。

## 五

岁月荏苒，转眼到了八十年代初。一日，我正在汽车运输公司的仓库上班，同事说有人找我。起身出门，我见到的是一个身条粗壮的农村大妈。

如同第一次见面时，她怔怔地看着我，我怔怔地看着她。然后我说："是湘君呀！"

和同事打过招呼，我就揽着她，把她带到我家里。我们手拉手地坐在沙发上聊天。"我们下放后你去了哪里？一点消息也没有，晓得我有几想你哦！我也去找过高峰，两次都没找到人。"我对她说。

那一次，我知道了别后湘君的全部经历。

她被学校开除，是因为怀了简老师的孩子。第二次怀孕，第二次被开除，一切何其相像！不同的是，简老师挺身而出，承揽了所有的过错——虽然并没有因此免除湘君被开除的命运。

第二天清早，湘君和简老师乘早班车去了简老师的老家九江乡下。没有人知道，更没有人送行。

简老师的家庭成分是富农，当然那时早已败落了。两个哥哥已成家另过，父母六十好几了，看到自己最小的儿子带了个老婆回来，那发自内心的喜悦真是无法形容。

"家婆家公说我是城里人，什么事都不让我插手，左邦对我更是疼爱有加。我本来性格慵懒，全家人惯得我三月不沾阳春水。但不管他们怎样宠着我，我对那陌生的地方依然感到惶恐，每天就是盼着左邦能在我身边，心里才觉得有了依靠。"

生活是真苦，吃餐荤腥都要计划又计划。湘君终于体会到贫贱夫妻百事哀。为了让她过上好日子，简老师披星戴月地耘田、种菜、砍柴。农闲时，他就去县城建筑队做苦力、拖红砖、拖沙，赚点现金改善生活。

结婚第七个月，湘君生下了女儿。在乡下，她发现自己十分无能，什么都做不来，连带个小孩都要婆婆帮忙。不过一家人依然宠着她。

隔两年她生了个儿子，接下来两年一个，连续生了四个孩子，两儿两女。一大家子，八个人吃饭。

父母七十多了，体力大不如从前。简左邦是家中的顶梁柱，日复一日地干活。湘君则和婆婆一起带娃。曾经炽热的情感都被辛苦的生活所替代，湘君也渐渐忘记了这日子是在盼望什么。

后来，简左邦生病了。他长期劳累，营养又跟不上，好一点的东西都让给小孩吃，日子这么过下来。有段时间，他没有一点精气神，人总是软软的，闻着油味就想吐。家人叫他去看病，他硬是说自己没病，不过是累了，歇歇就好了。归根结底是舍不得几个钱，这一拖便拖了快一年。

湘君发现他的肤色越来越不对，不是晒黑了，是一点点失去了血色，仿佛村子里泥灰路的颜色。简左邦越来越没力气，站着就想坐着，坐着就想躺着。

这时，简左邦才肯去看病。医生只望一眼他脸色，就说是肝炎。全家人都慌了,把所有钱都用来给他治病。湘君让自己父母寄过两次钱,甚至找高峰借过钱,不过他一口拒绝了。猪也卖掉了,能借的地方都借过了。大女儿十八岁就嫁给了本村的一个农民,彩礼钱都用来治病了。

但是没有用。慢慢地,肝硬化、肝腹水接踵而来,简老师的肚子肿得如一个待产的孕妇,积水抽掉没多久又会肿起来。医生也没有回天之术了,简老师被接回了家。

半年多,就用一种土方子来治疗——冬瓜皮煮泥鳅,听说能利水消肿。

"左邦整天躺在床上,紧闭双眼。白天黑夜我都陪着他,抚摸他。他的皮肤干黄,没有一点弹性,如摸着一块树皮。除了隆起的肚子,其他地方都是皮包骨头。他年轻时生龙活虎的样子在我脑海里怎么也抹不掉。怎么会这样?他是为我累病、累到要死掉的吗?我不敢往下想……

"一日,左邦精神好点,抓住我的手,目光好温柔。

他轻轻说:'湘君,不用怕,已经这样了,就这样吧,人只能顺应形势。我这一生值得,因为我们在一起了。不容易啊……'

"我眼泪涔涔,不容易啊,那声叹息真长啊……"

简老师是在湘君的守候下去世的。最后,他眼角流下泪,握着湘君的手慢慢松开了。"我扑倒在他身上,拼命地喊啊哭啊,可是左邦没有像平时那样来安慰我。"

我的喉咙被无形的东西堵住了。我不敢看湘君那张被泪水浸泡得变了形的脸。我也无法安慰她,只是更紧地揽着她。我的思绪回到了共大,湘君吹着口哨,唱着《刘海砍樵》,还有上体育课时那冲天干劲。

"要是左邦不和我结婚,可能不会死那么早,他太累了。他才四十八岁啊!死前不久,他还跟我说,'万一我死了,你去趟共大,找下领导,说我曾经是共大的教师,遗孀是否可以获得点补助'。"

"别这么想,简老师肯定希望你过得好。你们曾经很幸福……我记得体育课上简老师看你的眼神就不同,我满以为是因为你体育好,直到他要你去吃兔子肉。

我没想到你们在谈恋爱，但现在我知道那时你们是幸福的。"

湘君渐渐平静下来，慢慢回忆着刻骨铭心的往事："和高峰分手对我打击很大。那么多的海誓山盟，只是上嘴唇碰下嘴唇的事情。只因我比他大两岁，那些感情就什么都不算了。我心里痛苦极了……"

"不过当时可看不出来呢，你看上去洒脱得很。"

"我年轻时就那个德行，骄傲得很。"

我们的嘴角都露出笑意，驱散了一点悲伤的气氛。啊青春往事，我面前这位粗壮的农妇，就是那曾经健美洒脱、吹着口哨的湘君。

"那时你还小，体会不到失恋的滋味，我也不知怎么跟你说，但我心里难过得想发疯。我跟简老师讲了我和高峰的事，连跟辜立平的事都讲了。他觉得我太无辜了。他从一个知音变成了一个爱人。但是，要是我没怀着他的孩子，也许没那么大决心到陌生的农村去生活。"

"孩子们都好吗？"

"两个儿子都很顽劣，只读了个初中，毕业后在家务农。家里还是很困难,我这次来就是想去共大找领导,看看是否可以作为教师遗孀得到一点补助。"

"可是共大早就撤销了呀!你到哪儿找去?"

她怔住了。片刻之后,她突然呵呵大笑起来。笑声越来越骇人,我都不知所措了。过了一会儿,这怪异的笑声才停止。

我问她要不要去见一下高峰,我知道他在县城的单位。她未经任何考虑便说:"不去见了。"

年轻时那个骄傲的湘君又在这农妇的躯体上再现了。

数月后,我接到她的来信,只是几句简单的感谢话。

如今又是四十多年过去了,不知湘君是否还在人世。

# 冬莲

## 一

新来科里上班的同事李冬莲,三十五岁,中等个子,白皮肤,虽说不上太漂亮,但很耐看。她总是穿得干干净净,一双旧皮鞋也擦得锃亮,一看就知道是个很会过日子的人。

李冬莲第一次来报到是由丈夫王宝根陪着来的。王宝根一米七八的个头,因为当过几年兵,走起路来昂首挺胸,很有军人风范。他是个自来熟,一见面就天南海北什么都讲。他说自己是个钳工,以后大家需要修理什么东西，尽管找他，他会尽力而为，尽量帮忙，还请我们在业务上多多关照、帮助他老婆。大家对他的印象都很好。

三个女人一台戏，何况我们科里加上冬莲共有六位女同胞。大家碰到一起，谈家庭，谈丈夫，谈小孩的学习成绩，还有谁家婆婆媳妇吵架啦，谁家两夫妻又打架啦……总有说不完的话。

两个月后的一天，冬莲鼻青脸肿地来上班了，说是头天晚上王宝根打的。

头天下午，王宝根的两个弟弟来了冬莲家。大弟弟三十四岁，小弟弟三十二岁，他们一个月至少要来一次，一住就是好几天。这两个弟弟都在农村种田，家里农副产品总是有的，可他们连菜秧子都没带过一根，鸡蛋都没带过一个，更不要说带只鸡了。冬莲揣测，他们俩觉得大哥有了工作，理应罩着弟弟，所以一会儿说要王宝根找工作，一会儿说要来县城做生意。生意做了好几次，每次都是血本无归，不过兄弟仨倒不见得多在乎。王宝根总是好菜好酒招待，有时还要打肿脸充胖子,到处借钱给弟弟带回家去。苦就苦了冬莲母子,连蔬菜都只能拣最便宜的买。

再说冬莲下班回家,王宝根已经买好了一堆菜。冬莲手脚麻利地做出一桌菜:辣椒炒仔鸡、油炸小鱼、豆腐、青菜,还有一大钵排骨炖萝卜。那小鱼炸得酥黄喷香,吃起来咯嘣咯嘣响。只见弟仨先喝上一口酒,含在口中品尝那绵长滋味,待满口生津才缓缓吞下,再吸一下鼻子,咂一下嘴,然后夹一口菜吃,有一搭没一搭地聊起来。

借着酒兴,王宝根在两个弟弟面前口若悬河,高谈阔论。他有一套为人处事的哲学,对酒更是情有独钟。他说:"一个男人不喝酒是不行的,办不成事。"说着他又很响亮地抿了口酒,那一声"吱",充满韵味,像鼹鼠叫。他让这口酒徐徐沉下去,在口腔、喉壁、食道画上一道灼热的弧线,直至融进胃里才放松牙关。这使他非常惬意,话也自然而然从口里淌了出来:"你看你嫂子,在家待业多年,就是找不到工作。和我结了婚,工作一下就解决了。酒是关系的桥梁,我不陪人家喝酒，这好事能送上门来？俗话说，要赚猪肉钱，夜夜伴猪眠。我也晓得喝酒不好，酒是穿肠毒药，但无酒不成席；色是刻骨钢刀，但无色不成妻；财是良心蛀虫，但无财不成义；气是惹祸根苗，但无气受人欺……作为一个男人，这些一样都不能少。"王宝根读书不多，但平常喜欢看些杂七杂八的东西，还喜欢听戏文。不知他是从哪里学来的这一套，讲得头头是道。

　　两个弟弟听了这番"宏论"，对大哥崇拜得五体投地："大哥，你懂的东西真多，我们比起大哥来，实在相差太远了。"他们轮流敬着王宝根，在大哥面前，两人虽喝得开心，但仍有点拘谨。王宝根说："你们只管喝呀，装哪门子斯文，这又不是在别处，是在你们大哥家里，放开肚皮喝吧！"于是一片碰杯声，男人们开始猛灌。酒过三巡，兄弟仨兴奋起来，气氛越来越热闹，说笑间夹杂着不少村子里荤荤素素的笑话。他们讲得有声有色，时不时爆发出阵阵大笑。王宝根醉得舌头都打结了，"喝、喝呀，别看大哥我没当什么官，我在这里混得还不错。公检法三家都有我朋友，厂里谁都要惧我三分。"

　　这桌菜虽不算是整鱼整鸡的丰盛酒席，可仔细算算，也花掉了二三十元。冬莲气得连饭都吃不下，走进房里倒在床上想心思。不知过了多久，王宝根吃饱喝足了，回房睡觉。只见冬莲一脸沮丧，眼眶发红，双颊挂着泪渍。王宝根原本想和她讲几句乡下的笑话，看这模样大为扫兴，便重重地往床上一倒，很快呼噜声大起。

　　冬莲忍气吞声地爬起来，帮王宝根脱去鞋袜衣服。不料王宝根喝多了，被她动来动去，只觉左右不适。"想欺负我，没门！滚一边去，老子要睡个好觉。"话刚说完，一口饭菜就从他嘴里喷涌而出，接着哇哇地吐起来，床上地下满是脏物，酒气熏人。冬莲走出门去拿抹布，捂着鼻子，边抹边说："喝这么多，喝得去死啊！"王宝根瞪着一双血红的眼睛说："你嫌我脏，还骂我，真是胆大包天！"说着一把将冬莲提了起来，像拎只小鸡。冬莲猝不及防，根本来不及反抗。王宝根一手打开门，另一只手朝冬莲心口就是一拳，一连串动作一气呵成。冬莲家正挨着楼梯口，她被打得顺着楼梯往下滚，一直滚到楼梯拐角处才停下。

冬莲全身疼痛难忍,几乎麻木了。她懒得起来,就那样蜷缩着身子在楼梯拐角躺着,嘤嘤地哭泣。她盼着王宝根的酒意能醒几分,意识到自己闯了祸,下楼来找她。可是始终没有一个人出现。"做你的白日梦呢!"她恨恨地骂着自己,咬了咬牙,自个儿爬起来,摸索着进了厨房。秋末夜半的凉意毫不留情地从厨房的木板缝里袭击着她,她打了个寒噤。脑袋昏昏沉沉,她用脚踢过一张小板凳,顺势坐在上面,歇斯底里地哭了起来……就这样在厨房里过了一夜。

冬莲告诉我们,这样的挨打多得都数不清了。刚开始她总以为家丑不可外扬,一是为了王宝根的面子,二则她自己也怕丢脸,所以从不跟人讲。她原本对家庭充满希望,为了两个儿子,哪怕受气挨打也尽量忍着,强压心底的悲哀,想将日子安安稳稳过下去。如今看来是不行了。

她决定离婚。

## 二

一日，王宝根上班之前，冬莲对他说："我要离婚。"

王宝根得意扬扬地答："离婚，没门。"

"这次我是吃了秤砣铁了心。我一定要离婚，不能让你活活折磨死。"

冬莲请了几天假，躺在床上，不吃不喝，也不做事，开始绝食。

几天后的一个下午，冬莲的母亲来了。王宝根低着头跟在岳母后面。冬莲母亲见女儿一动不动躺在床上，以为她病了，便走过去坐在床沿上。老人家还没开口，王宝根便扑通一声，在她面前跪了下来。

冬莲母亲一愣。"不是接我来住住吗？你这是要干什么？吓死人呢，有话起来讲！"

"冬莲非要和我离婚不可，她已经绝食三天了。我不答应离婚，她就继续绝食。不管怎样，我是不会离婚的。我向她赔罪，写保证书，保证今后不会打她。这次请她放过我,让我有个改过自新的机会,也让我有个报答她的机会。请你们相信我的诚意。她不答应,我就不起来。"

"你原先的好脾气到哪里去了?怎么变得动不动就打老婆?她是被你逼的,狗逼急了都会跳墙,兔子逼急了还会咬人,何况她是个人呢!你再不改,这婚迟早是要离的,我也帮不了你。"

说完,冬莲母亲霍地站起来,走进厨房去做饭。

王宝根跟到厨房,又跪在岳母面前说:"妈,请你帮我求个情,这次放过我吧,以后我怎么也不敢打她了。"

冬莲母亲被逼得无奈,满脸烦躁地看着他说:"起来,起来,我去说说试试,她听不听我的还不知道呢!"

冬莲母亲走进卧室,在女儿身边坐下。"冬莲,我看这次宝根是真心要改,他坚决不肯离婚,看来他还是蛮在乎这个家的。浪子回头金不换,这次就放他一马,只要他能改,还是个好人。以前的事就算了,即使离了婚,吃亏的还是女人,更何况有两个儿子。你这年龄大不大，小不小，再找也难，唉……"

又一次，冬莲听从了母亲的话。

## 三

一日，冬莲上晚班。下班已是深夜三点多钟了，她要骑十二里路才能到家。初秋的星光暗淡，路两边黑漆漆的，高大的杨树就像一排黑色的哨兵，远处的稻田也浸在黑暗中。冬莲只看得到道路模糊的轮廓，只听得到自行车发出的吱扭声和轮胎摩擦地面的沙沙声。她内心有点惊恐，只好拼命踩着脚踏板往前冲，离家只有两里多路时，忽听得不远处有什么声响，她朝后一望，天哪！有个人骑着车不紧不慢地跟在她后面。她顿时汗毛倒竖，魂飞魄散，双腿发软。

正在这时，她又想小便。尿是活生生吓出来的，怎么憋也憋不住，似乎就要流出来了。一个大活人，真要给尿憋死不成？那人离她仍有些距离，前面路旁恰好有棵大树，冬莲心一横，冲到大树后面，脱掉裤子就尿。

谁知这尿憋久了，一下子还尿不出来，好容易尿出来了，又滴滴答答没完没了。冬莲管不了那么多了，赶紧提起裤子系好，从树后走出去。那人离她仍是那么远，真是撞见鬼了。

总算到了自家门口，她抖抖索索地掏出钥匙开门，却听见身后传来笑声和脚步声。回头一看，居然是王宝根。冬莲怨道："你这人真是，这么晚了也不来接接我。有个人骑车跟在我后面，把我吓得半死，尿都吓出来了。你摸摸看，我的棉毛衫湿得能拧出水来。"

"是我一直为你保驾护航……"宝根嘿嘿笑着。

"刚才跟在我后面的人是你喽，神经病！怎么不叫我一声，这样会吓死人的！幸亏我心脏还好。"

"不知好歹的东西，你又欠修理了！"

冬莲心里恨恨的，话不投机半句多，跟这种人真没道理可讲。她边想边上楼去拿衣服洗澡，此刻才觉得两腿酸痛得要命。

下了楼，冬莲站在深夜的厨房里，四周一片死寂。唯有初起的秋风，不知疲倦地一阵一阵吹过。她愣了一会儿,也懒得烧热水,就打算凑合着冲个冷水澡。自来水在公用场地,不过现在夜深人静,家家都睡了。她脱光衣服,拧开水龙头。毕竟入秋了,水龙头里出来的水真是侵肌切骨地寒冷,她边打着战边洗。

胡乱洗罢,冬莲穿好衣服,回屋睡觉。钻进被窝,一不小心碰到王宝根的脚。

"怎么这么冰,比死人还要冰。"

"都是被你气的。我在外面水龙头那里洗了个冷水澡,还真冷啊!"

"好英雄啊,居然敢在露天洗澡,不怕被人看见。"

四

王宝根的两个弟弟又装了两吨青辣椒来县城贩卖,堆在厨房里像座小山。王宝根借了两辆板车,两个弟弟各推一车,每天一早到农贸市场去卖辣椒,晚上回家吃饭。卖了一星期,没卖完的辣椒已开始腐烂,屋子里充斥着酸唧唧的味道。阳光从厨房门缝里照进来,形成一道光柱，照着无数小虫满屋子飞扬。明摆着这次的买卖又要蚀本，但兄弟仨每天却心情很好，每晚不喝个脸红脖子粗就决不罢休。他们有着说不完的话，声音大得连屋顶都要掀掉，灯光下墙壁上摇晃着他们的影子。

烂了的辣椒就像拿不上手的稀泥，兄弟仨仍在算计着这次要赚多少钱，简直是自欺欺人。有一晚冬莲实在听不下去了，插嘴道："不知你们怎么算账的，辣椒都烂掉了四分之一，还指望赚钱，我看能不亏本就算不错了。"看到他们每晚狂喝，冬莲实在生气。他们仨一餐的酒菜钱，够冬莲一家人用上三四天。而两个铁公鸡从来都是吃白食，一毛不拔。每天冬莲都是一副冷冷淡淡的样子，买菜做饭也是磨磨蹭蹭。

王宝根看在眼里，气在心里。他本就大男子主义十足，对着乡下的兄弟，更有一份虚荣心。冬莲在他弟弟面前摆脸色，他感到难堪，心中早就十分气恨。只见他两眼一瞪，先将桌上的酒杯酒瓶推到地下，再用手对着桌子一扫，残酒剩饭便直往地下砸去，发出一片乒乒乓乓的声音。转瞬间，他又狠狠将冬莲推到墙边，重重甩过几个耳光，然后拽着她的胳膊把她拖至门外，最后转身将门牢牢关上，插销的咔嚓声十分刺耳。一连串动作让他两个弟弟看呆了，他们愣在椅子上，来不及反应。

夜晚的马路黑咕隆咚，没有路灯，只有少得可怜的几颗星星发出一点光亮，照着城郊空荡的田野和路边黑漆漆的树木。冬莲双手抱在胸前，影子般地在马路上漫无目的地走着，任由眼泪大把大把淌在脸上，喉咙里发出令人毛骨悚然的哭声。

"小李，怎么啦？这么晚还在这里走来走去，哭个不停……咳！又挨打了？"

听声音，冬莲知道这是工会主席老孙。

"我送你回去，真拿你那老公没办法，谁劝也没用。"

"今晚我不能回去，回去会挨顿毒打，他喝醉了，呜——呜……"

"那怎么办呢？天这么冷，你总不能走到天亮吧？"

"求你让我到图书室去住一夜，明天一早我就到单位去。"

"你老公知道了怎么办？他会怪我多管闲事。"

"我不会告诉他是你帮了我，我不会害你的。你把我反锁在里面，明早麻烦你开个门。"

"好，就这么办吧！"老孙看冬莲实在可怜，不忍心拒绝。

冬莲跟着老孙到了图书室。老孙拿给她一件值班的棉大衣，就反锁上门走了。

冬莲穿着棉大衣躺在一条木沙发上，仍冻得浑身发抖，她的心更是彻骨地寒冷。她想开灯坐起来，又怕被人发现，疲惫不堪却睡不着，只好在这黑暗里痛苦地胡思乱想。她恨这桩婚姻，恨王宝根，那些发生过的事情都存在记忆深处，在这孤寂的夜晚，即使不去想，它们也会不由自主地蹦出来刺激她。一幕幕、一件件，就像放电影一样鲜明而清晰。

好不容易熬过了一个漫长秋夜。大清早老孙来开了锁，冬莲像把断了骨子的伞，无精打采地从图书室里走出来，走进自家厨房，推出自行车摇摇晃晃地去上班。

## 五

冬莲半边脸红肿着,右边眼角好大一块青紫色,一副惨不忍睹的样子。同事们见了都气愤不已。

"才多久,又打成这样,真是不可思议!"

"你们谈了多久恋爱,他的坏脾气你婚前怎么一点没察觉?"

"我们是经人介绍认识的,第一次见面是在我家,我当时就拒绝了。我不想找农村的,何况他家的负担还那么重……"

相亲那天,王宝根见了冬莲,十分满意。从当兵到转业,他从没交过女朋友,见了冬莲后,据说心上就有了个挥之不去的影子——她是如此合他的心意。冬莲家境不好,她不想找农村家庭出身的,于是跟介绍人说不想谈。王宝根完全没把冬莲的拒绝放在心上,他只有一个决心:要把这挥之不去的影子变成自己的另一半。

"一个星期日早上,王宝根穿着洗得干干净净的旧军装、黄胶鞋来到我家。见了我妈,就像多年的老熟人，亲热地叫着阿姨，然后自作主张拿把柴刀出门去了，直到中午才回来。他满脸是汗，身上还沾了些树叶和茅草，见了我就笑嘻嘻地说他砍了两担棍子柴，全是杂木，晒干了好烧。

"我那时心里别扭，冷着一张脸，话也是冷冷的。'我家不缺柴烧，请你不要操心，我们非亲非故，不能麻烦你。吃了饭，请你回去吧。'王宝根满脸堆笑。'谈不上麻烦，我离家远，星期天不能回去，帮你们干点粗活，我心里真高兴。'

"后来每个星期天他都会来我家，赶都赶不走。他根本不在乎我的态度。那一年他事无巨细，不管是上山砍柴，还是下地挖土、种菜、挑粪、施肥，脏活累活全包了，根本不让我插手。我父亲死的时候，我十岁，弟弟才一岁。和王宝根认识那年，我十九，弟弟十岁。当时住在城郊的大部分人家都是自己种菜砍柴烧，家里没什么劳力，我和母亲不知吃了多少苦。王宝根巴心巴肺地帮我们，我心里是很感动的。左邻右舍看见他都赞不绝口，说这样的好青年打起灯笼都难找，还说我有福气,碰到了好人。

"一年后,我们结了婚。结婚后,我发现他脾气暴躁,喜欢求全责备,但还没有打人。尤其是我坐月子时,他把我照顾得十分周到,问寒问暖,喂药煲汤。出了月子,我变成了一个胖子,双下巴都出来了。有了两个儿子,家务越来越多,他就开始烦躁,动不动就发脾气、摔东西,后来开始打孩子,再后来打我……他是一步步变坏的,我始料未及呀!人怎么能后脑勺长眼,料得到将来是怎样的。"

"这样的日子我受够了,我要离婚!"冬莲从冗长的记忆中渐渐回到了现在,呜呜地哭了起来。

"这种老公有什么舍不得?不离婚,人迟早要被他折磨死!""冬莲你才三十岁出头,被他折磨死划不着。"大家几次看着冬莲挨打受伤,都看不下去,纷纷赞成她离婚。

"我现在就去找他离婚!"眼泪鼻涕还没擦干净,冬莲就忽地冲出了门,飞快地跳上自行车走了,浑然忘了满身伤痛。

我们几个吓了一跳，面面相觑：夫妻间的事，外人谁也说不清，我们到底该不该鼓励她离婚？这一下不晓得又要惹出多少事来。

## 六

冬莲在厨房边放好自行车，迈着沉重的步子向家里走去。越到家门口，她的脚步声听起来就越像一个迷路的孩子那样犹犹豫豫。

此时王宝根还在床上，他睁开蒙眬的眼睛，死死地盯着冬莲的脸，恨恨地说："你昨晚死到哪里去了，谁收留了你？"

然后又不依不饶地说："你聋了？你今天不讲明天讲，明天不讲后天讲，非讲出来不可，否则你就没有好日子过！"

"你不要把孩子吵醒吓着了，他们是无辜的。没有明天，也没有后天，更没有以后，我们今天就去离婚！"

"才一个晚上,是谁挑拨了你,要你离婚?这人真欠揍了!"

"没有人收留我,更没有人挑拨我,是我自己要离婚的。话说回来,只有你这种狼心狗肺的人才会把我关在外面。这么冷的天,凡是有点良心的人,都会收留我。今天我们就去离婚,我才三十多岁,不能让你活活折磨死。再说还有两个儿子,我还得留着命养大他们。"

"即使离婚,儿子也不归你。"王宝根气得从床上蹦了起来。

"儿子归不归我,我都不在乎。总归我是生了他们,我是他们的母亲总是改不了的。"

"你以为你是什么好女人?你是婊子、臭货,你可以在马路上撒尿,在露天水龙头下洗澡,你是个不要脸的下流女人!我不稀罕,离就离,吓得到谁!"

孩子们吃过早饭,上学去了。冬莲和王宝根一前一后向街道办事处走去。时间尚早,办事处一片安静,只有一个二十出头的男青年在扫地。看到他们走来,青年便问:"你们找谁?"

冬莲说:"同志,我们是来办离婚手续的,不知找谁。"

那青年说:"你们跟我来。"他们就跟着他走进办公室。那青年连忙坐到办公桌前,心里一阵窃喜:他分到这里一个星期了,还没办过一件事,今天总算碰上了。青年把目光从这张脸移到那张脸上,说:"你们真要离婚?"

冬莲说:"我们感情不和,经常吵架,还动手。"

"你们的共有财产如何分配,都商量好了?"

"我们……没有什么财产,一些旧家具谁要都可以。两个孩子都归他。"

"你同意吗?"那青年转向王宝根。

王宝根很不情愿地粗声说:"同意。"

"我把离婚证填好,你们双方签字就行。"那青年也不劝,二话不讲就从抽屉里拿出两个深绿色本子,上面印着"离婚证"三个字。

双方签好字,那青年又在两个本子上使劲按上公章,离婚手续就办好了。

冬莲接过离婚证，说了声谢谢，转身离去。离婚办得如此顺利，她的心情无比轻松，似乎长期以来压在背上的大山终于搬走了。她死死攥着这救命的本子，快步向家中走去。

## 七

王宝根做梦都没想到自己瞬间就变成了孤家寡人。他勾着头，想到自己结婚之路步步艰难，当了一年多奴隶才终于和冬莲结成婚。和冬莲领结婚证的情景还历历在目。当时，他用自行车驮着冬莲，一出门便有一只乌鸦在他们头顶上连叫两声："咕哇！咕哇！"他听了很不舒服，有种不吉利的感觉，差点想换个日子再来，但又觉得不必这么迷信。结婚证是领了，但他心里一直留着阴影，如今居然应验了。"而离婚却真他妈的快。"一瞬间他和她就离了婚。人前人后一直感觉良好的王宝根，离婚对他的打击可真不小。他需要找个人喝酒，喝个一醉方休，喝个人事不知。

王宝根打了个电话给当局长的老乡。"喂，老何吗？我请你喝酒。我离了，我他妈的离了！"

"喂，什么、什么离了？我没搞清楚。"

"你来了就知道了。醉仙楼，现在就去，不见不散。"

一端杯，王宝根便放浪形骸，狂饮不止，菜还没端上来，他就有了几分醉意。"他妈的，去办手续，硬是碰上一个才上了几天班的愣头青。他懂个鸟！离婚需要单位出具证明，还要经过无数次调解，调解无效才能办手续。我们一去，还没讲上几句话，他就拿出那个倒霉本子来填，然后叫我们双方签字。就这么简单，这恐怕是全世界最快的离婚手续了。"骂骂咧咧说罢，他竟掉出几滴眼泪。

"离了就离了，还有什么后悔药吃。看你这副模样，还口口声声男子汉大丈夫呢！离个婚就如丧考妣，不就离个婚吗？摊上这种事的也不是你一个人，想开点，想开点。"

王宝根直勾勾地看着老何，觉得他讲得对。于是他又端起酒杯,叫服务员拿酒来。

"不要喝啦,已经喝出事来了,还不改。"

"我偏要喝。你听着啊,这杯酒是为我复婚喝的,我非要和她在一起不可。"

"你英雄啊,才离婚几个小时就想到复婚。好,为你的复婚干杯。"

等到两个儿子放学回来,冬莲交代了一切,然后找了辆车子,装了一个五斗橱、一张绷子床、一张小方桌和两张小方凳,就去了单位。她卸下东西,便去找领导解决住处。碰巧有同事调走,腾出一个旧房子。领导听闻了她的遭遇,对她有点同情,便把那房子给她暂时居住。

这么顺利地找到了住处,冬莲欢喜坏了。房子在二楼,分前后两间,虽说很旧,却还宽敞。厨房和吃饭间在楼下,灶具也有,都是调走的同事留下的,冬莲乐得捡个现成。

新日子就这样开始了,冬莲再也不抱怨自己命苦,脸上整天挂着笑容。

冬莲节省到了极点。她不吃早饭,每天下了班,才到菜场去买落脚菜。一日,她打牌赢了点钱,兴冲冲地跑到科里告诉大家这个好消息。"我找到第二职业了,今天打扑克赢了三块钱,要是每天能赢两三块钱,我一天的吃饭问题就解决了。我的工资可以全部存起来,等儿子结婚时,拿出来给他们一个惊喜。"

第二天,冬莲像根霜打的茄子,耷拉着脑袋来到科里。"倒霉,真倒霉,输掉两块多钱。明天不能买菜,要把输掉的钱省出来。今天整个手气不好,加上牌艺不高,不输才怪呢。"

以后,冬莲除了上班,就是打扑克。输赢是常有的事,赢了她嘴巴合不拢,输了她左边的脸就不停地抽动。尽管这样,冬莲还是很快乐,连走路都轻飘飘的。她常说:"都说无债一身轻,我是无老公一身轻。"

这样一身轻的日子,冬莲过了一年多。

## 八

离婚以后，冬莲的小儿子王滔每星期六都会来看望母亲。一日，王滔和邻居春面的儿子张亮在草地上玩。张亮比王滔小三岁，他们嬉笑着追跑不止。不知怎么张亮绊了一跤，往前摔了个狗啃屎。他坐在地上号哭起来，随即又起身飞快地往家里跑去，边跑边哭，伤心不已。

当天晚上，春面牵着儿子的手找冬莲告状来了，说王滔欺负张亮。冬莲除了忙不迭地向春面赔礼道歉，还用一根足有酒杯口那么粗的棍子狠抽王滔的腿。

春面在一边说："这样的孩子就是要打。"

王滔的腿很快就染上了青红相加的颜色，东一块西一块的，搞得后面两天走起路来都龇牙咧嘴。王滔始终没有大声哭叫，只有屈辱的眼泪在眼眶里转个不停。他恨张亮使他挨了毒打，也恨春面在一旁幸灾乐祸。第二天，冬莲买了点瘦肉，煮了一碗肉饼汤给儿子喝，想弥补一下毒打儿子的内疚。

两家自此有了嫌隙，彼此不相往来。

一天起床后，冬莲用一根橡皮筋把头发扎在脑后，走到灶边准备做早饭。她突然发现锅底有一块黄色的液体，像油一样。昨晚明明把锅子洗得干干净净的呀！她低下头仔细观察，一股尿骚味直钻鼻孔。她抬头望向屋顶，原本盖得毫无缝隙的牛毛毡上出现了一个鸡蛋大小的洞，正对着锅子的位置，白白的光从洞口射进来。

"大家快来看啊，有人在我屋上戳了个洞，把尿倒进我锅里……"冬莲走到厨房门边哭起来，边号哭边喊叫，声音就像破碎的玻璃。

冬莲心知肚明是谁干的，但没抓到证据，又能怎么样呢？再说吵也不一定吵得赢，人家是一家人，自己连个老公都没有，只能孤军作战。她把这事跟王滔讲了，希望王滔以后再不要惹是非，玩耍也要选择好一点的同伴。


王滔决定要报仇。一个月光清冷的夜晚，他骑上自行车，如同以往那样往冬莲住的地方去。他的脚有些不听使唤地微微打着战,十几里的路程好比长途跋涉。他没去找母亲,而是胆战心惊地向春面家走去。他要避开春面那打铁出身、胡子拉碴的老公。他就像《铁道游击队》里的侦察兵那样小心翼翼,确定了那个令他害怕的男人不在,这才走进房间。房里点着白炽灯泡,十分明亮,春面坐在床沿梳理着刚洗过的头发。她看到王滔,先是露出微微的惊讶,继而换上一种扬扬得意的表情。她没有预感到灾难即将来临,她根本没有把十岁的小孩放在眼里。

王滔的心脏在胸膛里狂奔乱跑。毒打使他念念不忘,也使他下定决心走向春面。"你去向我妈妈道歉,你去向我妈妈道歉!"他边说边走近春面,迅雷不及掩耳地伸出一只手向春面脸上使劲一抓,然后转身就跑。

春面的半边脸顿时像有无数红蚯蚓直向下滑,从脸上滑到的确良衬衣上,最后落到床单上,给半新不旧的床单平添了许多花朵,十分骇人。疼痛使春面丧失了理智,她披散着头发,像头暴怒的狮子一样发出号叫:"来人啊!救命啊!王滔杀人啦!"连续不断的喊声震动了夜空，一扇扇门都打开了。

冬莲一听"王滔杀人"，吓得脸色发白，六神无主。

那情景简直乱透了。有人喊："叫辆车来，送到医院去"。

这时，血仍在不停地滴。

"坐下来，坐下来，"到了医院，医生掀起春面的头发，"划得还不浅啊，有半厘米深。不过不要紧，缝几针，吃点药就可以，问题不大。"

医生拿出镊子，钳着装有酒精的棉签帮春面仔细清理伤口。春面疼得龇牙咧嘴，狠狠瞪着一旁满脸赔罪表情的冬莲。最后，医生拿出弯弯的针，像裁缝掐着一块布那样捏住伤口，轻轻松松地缝了几针，再裹上纱布。一个小小的手术就完成了。

## 九

春面不是盏省油的灯，她一纸诉状把王滔告上了法庭，指控他犯了故意杀人罪。

冬莲这下彻底六神无主了：等待儿子的将会是什么呢？她知道春面一家绝不会放过儿子。亏得还有王宝根。也许是他说过的那句话——"公检法三家都有我朋友"——起了作用，最终王宝根赔给春面一百元作为医药费和营养费。春面不再追究。

此后，每个晚上，无论是漆黑不见五指，还是寒风呼呼劲吹，王宝根都会来我们单位，在冬莲的住处流连忘返，直至被她赶走。时间一长，他不仅是晚上来，而且下了班就来，双手不空，总是提着东西。

一日，王宝根提着两个鼓鼓囊囊的塑料袋兴冲冲地来了。一条大活鱼在袋子里不停蹦跶，袋子在他手里摇晃不停。正是炊烟四起时，王宝根蹲在公用水龙头下洗呀、冲呀。猪肉、猪肠，还有一条大活鱼，足足一脸盆。

黄师傅过来洗手，看到这些东西，兴致勃勃地问："老王，要请客呀？"

"没有，改善改善生活，等下过来喝杯酒呀！"

"好，我一定来！"

从冬莲厨房里飘出来的香气将附近的空气都染香了。黄师傅是个很抠的人，平常吃饭也会端着碗去别人家蹭些好菜。这次真是好机会，他端着饭碗径直走进冬莲的吃饭间，只见四特酒很张扬地摆在桌上，一桌子好菜，有鱼有肉。

"坐，坐。"王宝根拖过一张凳子，然后去拿杯子倒酒。黄师傅直勾勾地看着那瓶四特酒。这可是江西名酒，王宝根真舍得。

黄师傅喝上一小口酒，不舍得立马吞下去，他要让这滋味更绵长，让嘴巴多享受一下口福。酒足饭饱后，黄师傅得意地敲着空碗向家里走去，一路上遇见了邻居，他会悄声说王宝根喝的不是四特酒，是散装白酒倒进四特酒瓶子里，他第一口就喝出来了。

王宝根几乎每天都去冬莲那里做晚饭、吃晚饭。冬莲苦着一张脸，万般无奈。

一日，冬莲上晚班，却提早跑到了科里。一进门她就对大家说:"我昨晚通宵没睡。王宝根买通了王滔那个小短命鬼,王滔把房门钥匙给了他,自己走了。昨晚睡在王滔床上的居然是王宝根。我开始以为自己搞错了,使劲揉了揉眼睛,再看还是他,真把我吓晕了。"

冬莲的卧室没有门闩,她只好用方凳靠着门坐了一个通宵,现在她得赶快去买锁和门闩。她说话就像倒豆子一样,没人插得上嘴,又好像自说自听。说罢,她冲上自行车就跑了。

十

冬莲害怕的事情终于发生了。

一日晚上,冬莲听到密集的敲门声,就像雨水滴在凉棚上,持久而清脆,夜半三更尤其响亮。冬莲胆战心惊,她扯过被子紧紧捂住脑袋,闭上眼睛,但瞌睡早已被那声音吓得飞到了九霄云外。

"冬莲,我知道你没睡着,我有话和你讲。我正跪在你的门前,不信你打开门看看。没别的,我求你原谅我，十几年的夫妻，不能说散就散了。我知道我不好，脾气暴躁，喜欢打人，我对你的伤害太大太深。但我一定会改，一定会善待你。看在两个儿子的份上，给我一次改正的机会吧！你不答应我，我就每晚都跪在这里。一日夫妻百日恩，难道你一点也不心疼我了？"

一连数日，冬莲每晚都能听到这种忏悔，持久而虔诚。她始终不为所动。

一日，王滔带给冬莲一封信。冬莲拿到科里，要我们拆开看，她懒得看。这是一张竖条的信笺纸，字也是竖着写的，密密麻麻写了两页。字虽然不好看，但写得很工整，是用了功的。

冬莲催着我们念。"你们夫妻的信，我不能念，我没那么损。"同事小刘拿着信纸弹了弹，发出噼啪的声音。

"不要紧，尽管念。"

"好，我念！"


**我最最亲爱的妻子、爱妻、贤妻冬莲：**

我好后悔我们离了婚，我让一个十分完美的家庭散掉了，让一个十分完美的妻子离开了我。这是我的罪过，我痛悔不已。

你是世上独一无二的好妻子。女人所具备的优点，你全具备了。你贤惠，你节俭，你勤劳，你温柔，你体贴，你爱家如命，你没有缺点，你太完美了。

回想这十几年的一幕幕，我只觉得无尽愧疚。我错了。失去了你，我将一无所有。

像你这样的好妻子，到哪里去找？我爱你，我爱你，我刻骨铭心地爱你。

由于我的坏脾气，你内心很痛苦，一年里难得看到你笑几次。想到以后儿子们没有了妈妈，我越发觉得对不起他们。

我不是人，我罪该万死，我好后悔啊！我真是连畜生都不如。

我茶饭不思，夜不能寝，我不能没有你。从现在开始，让我重新追你一次，努力把以往亏欠你的都弥补回来。

冬莲，我爱你，我爱你，你原谅我吧。

小刘见冬莲毫无表情,便说:"冬莲,信写得这么好,我都读出眼泪了,都嫉妒你了。你难道是个铁石心肠?"

"这算什么好?比这更好的信多得是,这封实在太平常了。"

"我懒得往下念了,全是'爱、爱、爱',真肉麻。等我看看结尾。"小刘直接跳到了结尾。

冬莲,我跪着求你。苍天在上,我王宝根再不改,天打五雷劈。

"司空见惯,不足为奇!他每封信的结尾都是'天打五雷劈',可是老天爷根本没长眼睛。"

## 十一

后来王宝根问冬莲:"信看过了吗?"

"我连拆都没拆。"

"你真狠啊!"

落日的余晖正照在桌子上,也照在王宝根沮丧无比的脸上。

冬莲一声不响,端着脸盆去水龙头下洗月经带。这时,有人找她有事,她便将脸盆移进吃饭间的橱柜底下,甩着一双湿手和那人去了。

王宝根从橱柜底下拿过脸盆,走向水龙头。他四处张望了一下,便蹲下来开始洗那东西。盆里的肥皂泡堆成了小雪山,盆周围的红水往外溢,形成了一圈不规则的泡沫。他双手使劲搓着,格外卖力。

冬莲回来后,目不斜视地走进厨房。王宝根洗好了月经带,也走进厨房。他笑眯眯地扯着月经带的两头,就像拿着一条红白相间的五花肉。"洗干净了,洗干净了,没有一点气味。"他趋向冬莲,双手一紧一松地扯着月经带,将上面的水弹掉,再拿到鼻子底下嗅嗅,"你再仔细看看,洗干净了没有?"

王宝根这行为简直让冬莲目瞪口呆。她愣在那里,半天才反应过来:不能上当。她飞快地瞥向洗净的月经带，见那红色的橡皮外层洗得快发白了。她心里直埋怨：怕是用掉了半块肥皂，真是浪费。不过她脸上毫无表情，只是飞快夺过月经带，咚咚跑上了楼。

又一日下班，一桌荤素菜早早地摆在桌子上，红烧肉的香气弥漫在空气中，四特酒仍很张扬地摆在桌上。

冬莲很别扭地坐在一边。王宝根慢慢地喝着酒，吃着菜，时不时小心地将好菜夹到冬莲碗里。不久，他脸上微红，有点醉醺醺的，仿佛一个少年看到心爱的恋人一样神采飞扬。他情意绵绵地望着冬莲说："这次做生意赚了两千块钱，我没舍得用，一心想给你买件东西。十几年来，我从没有给你买过东西，这成了我的一块心病。今天总算如愿以偿了。"他边说边从口袋里拿出一个长条盒子，盒子用大红绸子布包得严严实实。他慢慢将盒子打开，一条金灿灿的项链躺在毛茸茸的红色底座上，十分醒目。

冬莲的眼一亮，心一炸：这是她多年来梦寐以求的首饰，王宝根居然要送她。这条项链的诱惑，简直有如饿汉面对美味大餐。她非常快地看了一眼，咬咬牙，沉下脸说:"我不要,我才不稀罕,你拿走吧。"

冬莲的心思,王宝根看得一清二楚。他不慌不忙地把项链提在手里说:"纯金的,两千八百元,算我的一点心意。"

冬莲内心苦苦挣扎着,像有无数蚂蚁在啃噬。她实在太想拥有这条项链了,但又不能要。她喃喃地说:"我不要,你爱送谁就送谁。"

"别瞎讲!这么贵重的东西,我能舍得送给别人?我还没那么阔,这是特意为你买的。"王宝根继续劝说,"戴起来看看总可以吧?又不是长到肉里取不下来了。"

他边说边装作不经意地走到冬莲背后,飞速将项链戴在冬莲脖子上。冬莲当然也没有撕扯,她心里想要。王宝根又以最快的速度从后面将冬莲一把拦腰抱住,手臂像丝瓜藤样缠着,任由冬莲挣扎,他又慢慢地腾出一只手,轻轻掀起冬莲颈后的头发,生怕弄疼她似的,然后低下头,一遍一遍地吻着她的后脖颈,像一只迷途知返的羊羔迷恋河边的青草一样。他的亲吻痒痒地抚过她的颈子。

那晚王宝根名正言顺地住进了冬莲的房间。冬莲抱了一床被子铺在地上，王宝根不由分说一把将冬莲抱上床，他要和她共枕同眠。

难得的失眠翻来覆去地折磨着冬莲，婚姻中的恨意清晰地浮现出来。她忽然意识到自己真是鬼迷心窍，大错特错了，难道受的苦还不够？难道王宝根真的能改，能不求全责备，能不打她？难道有了这根项链就能改变自己的命运，就能幸福？她一下子清醒了，恨死自己的心软，她摸索着解下项链，好比解下千斤枷锁。

天一亮，冬莲拿着项链，低着眉眼，坚决地说："还给你，请你以后再不要纠缠我，大家各自安好吧。"

"你以为我是三岁小孩，随你捉弄？当初为什么让我给你戴上，戴上了项链，就是接受了我，这叫做接神容易送神难，没有那么容易的事。"

当日傍晚，王宝根和往常一样，做好饭菜，悠闲地坐在桌边，等冬莲来吃饭。冬莲坐在桌边，脸色就像这房子钉的松木板，她欲哭无泪，用求援似的眼神望了一眼王宝根:"放过我吧,不要再纠缠,我实在折腾不起。"

王宝根举起酒瓶对着太阳的余晖照了照,说:"什么意思,我从来不讲没道理的话,也请你不要用纠缠这样的字,就好像我是一个无赖似的。"

冬莲冷冷地说:"你以为你不是?吃了饭,请你赶快走吧!"

"我也请你不要忘记,春面欺负你的时候,是谁在保护你。不是我出面,春面能放过你?你一个弱女子能对付得了一个悍妇?又有谁舍得给你买一条两千八百元的项链?"

冬莲满脸哀愁,走出房间,站在淡淡的月光下,千头万绪不知从何理起。

## 十二

也许是因为曾离过婚,伤了元气,两人虽破镜重圆,住在了一起,但貌合神离,摩擦不断。每次的摩擦又都是王宝根占了上风，冬莲永远是个败将，经常气得脸色铁青。之后，王宝根又会用尽甜言蜜语，百般讨好。冬莲则始终觉得嘴中含了棵苦楝树果子，苦涩得难以下咽。

一日晚上，王宝根突然问起冬莲："如今你该告诉我了吧，那天晚上是谁收留了你？"

听了这句话，痛苦和委屈一起在冬莲胸中撞击，她恨恨地说："你真不知自丑，你有什么资格追问我？我们已经离了婚，领了离婚证的。已经不是夫妻，我们现在是非法同居，是法律不能容许的。你该明白。"

"笑话，我们是十几年的老夫老妻，那两个破本子算什么东西，法律能吓倒我？公检法我有的是朋友。"

听了这几句话，冬莲真是悔断了肠，真不该让他将项链戴在脖子上，连看都不该看一眼。她气得连一句话都讲不出，只在心里暗暗叫苦。以前还有盼头，离了婚就好了，如今连盼头都没有了。

她摆脱不了他，就只有和他生活在一起，做一天和尚撞一天钟。

光阴荏苒,树木绿了黄,黄了又绿,春夏秋冬循环往复,一年四季由你怎么也改变不了。

时间就像流水从指缝里流过,大儿子王强长成了个十六岁的少年。

一日,王宝根醉醺醺回到家里,对冬莲吼道:"赶快去给我付的士钱,司机在外面等着。"

冬莲一声不响,边摸口袋边向外走去。回来后,她哭丧着一张脸说:"做了这么久生意,没赚到一个钱,还总是的士进的士出,摆阔得很。我从牙缝里省出来的钱都赔光了,以后连的士钱我也出不起了。"

王宝根那天破天荒地没吵没闹没打人,而是走到门角落拿出榔头,一脸杀气,只两三下,一台25英寸的彩电就五马分尸了。冬莲母子三人像热锅上的蚂蚁惊恐万分,不知这榔头还会落到谁身上,逃命似的躲进厨房。十六岁的王强气得眼珠子几乎要掉出来了。

又过了一些时日,王宝根因做生意亏了,回到家里火气没处去,没和冬莲讲上几句话,就伸出蒲扇大的巴掌准备向冬莲扇去。

不知何时，王强手里已拿了一把菜刀，就像一个武士，对着王宝根斩钉截铁地说："从今以后，你再碰我妈半根毫毛，只要我知道了，我就用这把菜刀把你砍得粉身碎骨，然后我去自首。我说到做到，如果再不收敛你的淫威，你的下场就和那台彩电一样，信不信由你！"

这几句话，真要将冬莲震晕过去，她满以为王宝根会暴跳如雷，大祸将要来临了。但眼看王宝根脸色由红转白，也许是气的，也许是酒精的作用，他的身体摇摆得像一把抖动的扇子，骄傲与蛮横坍塌了，他尴尬地一笑，喃喃地说："好儿子，长大了，有种！"便慢慢走向床边，一头栽倒在床上。

冬莲的眼泪冲破眼眶，在脸上肆意流淌。王强羞涩地笑一笑："妈，这几句话，我已在心里念了好几百遍，今天终于有勇气讲出来了。我长大了，以后他再也不敢欺负你了，你放心。"

下篇

伤心的极限

# 妈妈

## 一

这天是二〇〇三年农历六月十一日。

天气奇热,太阳像一枚白色的钢球,挂在天上纹丝不动,烤得水泥地面仿佛冒出烟来。知了在禾坪的大樟树上亡命地叫着:"姆——妈凄凄!姆——妈凄凄!"声音高亢凄凉。

侄子杨柳汗流浃背地抱着个大西瓜回来了,径直走到二楼饭厅。

饭厅一整面外墙是新装的玻璃,通透得像是把天空糊上去了。房里敞亮，透过玻璃看向外面是稻田，越过稻田又是连绵起伏的小山。妈妈喜欢站在玻璃窗前看外面，说站在这里有站在庵子里看外面的感觉。遇上有风的时候，推开窗子，风直往屋里灌，凉爽极了。窗外景色无边，浑然一体，四时不同、晨昏不同、阴晴不同，空气新鲜得直往鼻子里钻，让人恍如站在庵子里的禾坪里。这是哥哥把家搬到镇上后，我唯一喜欢的地方。

庵子里是妈妈内心千缠万绕的一块结，动不动就要提起。

侄子将西瓜洗净，放在吃饭的大圆桌上。哥哥拿一把长长的水果刀，将西瓜切成一块一块，选了一块极好的递给妈妈。妈妈右手拿着西瓜，左手便去拿旁边她的靠背椅，四厘米、三厘米、两厘米、一厘米、半厘米，眼瞅就抓着椅子了，就一眨眼间，抓了个空，妈妈一屁股跌坐在了地上。

妈妈偏瘦，跌下去没有响声，手里仍拿着西瓜。哥哥赶紧放下刀去扶："妈妈，没跌到吧，痛吗？"

"不痛，轻轻坐在地上痛么里"。

可是哥哥怎么也扶不起妈妈,妈妈自己更站不起来了,哥哥只得和侄子将她抬到床上,立刻请来骨科医生。医生一摸,对哥哥说:"髋骨粉碎性骨折,这么大年纪的老人很难彻底恢复,断的地方不好接,又是粉碎性的。"哥哥只好说:"请尽最大能力救救我妈妈,哪怕以后只能坐轮椅。"医生说:"杨老师,这点你放心,我肯定尽力,就怕我医术不够高。"医生拿出了草药和杉树皮把妈妈骨折的部位努力绑起来,说还要吊块砖头才好。哥哥一听就急了:"吊砖头万万使不得,妈妈本来跌到的地方就痛,再不要痛上加痛,年纪大了,老人家吃不消的。"医生说:"听杨老师的,这砖头就不吊了。"然后嘱咐妈妈平躺着不要动。妈妈像一个乖乖的小孩,任医生摆布,哼都没哼一声。

二

彼时,我和老伴正在去南京的飞机上,一大一小两个行李箱分别装着各自的衣服。我们的计划是在南京住一个月，之后我便回湖南陪伴妈妈。这是多久就和妈妈计划好的，临动身之前又和她通了话，把安排又说了一遍，叫她不要太盼望。妈妈在电话那头连说："不望，不望，一个月快得很，你安心住就是。"我说："我一到了南京就给你打电话报平安，以后每天打一个。"妈妈说："长途电话贵，不多讲话，听听你的声音就够了。"

听了最后一句话，我的眼泪不争气地掉来。

到南京见到女儿一家自是高兴，但我没忘跟妈妈的约定，行李往客厅沙发旁一放，坐下就开始打电话。电话那头传来哥哥的声音，我叫了声"哥哥"。哥哥说："我知道你到了南京就会打电话来，一直坐在客厅等你的电话。"

"妈妈呢？"

"妈妈刚刚下去了，说一楼凉快些。"

"那我等下再打，你告诉妈妈，我平安到南京了，一个月就回去，一天都不多住。"

"不打电话也可以，我告诉妈妈就是。长途话费贵。"

"那不行,我要亲自和妈妈讲话。"

哥哥"嗯"了一声,把电话挂了。

估计着该到家里吃晚饭的时候,我又打电话过去,听到那头拿起了话筒,我欢快地喊声"妈妈"。一听又是哥哥的声音,真的好生失落。哥哥说:"之骅,对不起,妈妈去下面乘凉了。我已告诉妈妈你平安到了南京。你安心住满一个月,不要挂念家里,家里有我和宽弟,你尽管放心。"

"那我明天早上打电话,要妈妈等下我。"

哥哥又是"嗯"了一声挂断电话。

第二天,估计妈妈起床了,我又打电话。一听又是哥哥的声音,我急了:"妈妈怎么啦?快告诉我,急死人啊。"哥哥说:"之骅,瞒是瞒不住了。就是你走的那天的事。"

哥哥知道瞒不住了,把那天妈妈跌跤,髋骨粉碎性骨折的情况详细讲了一遍,末了,又说:"是我害了妈妈,怎么就没想到把椅子拿过来让妈妈坐?如今妈妈只能直挺挺躺在床上,床上挖了个洞,下面放了个塑料桶用来装大小便。之骅，你莫急，妈妈精神还好，妈妈跌倒的时候我们看了钟，正是你上飞机的时候，我们不忍心告诉你，只想着你住满一个月回来时，妈妈已经好了。现在请了戴德华的老婆照顾妈妈，吃住都在我家里。"

"哥哥，把电话移到妈妈床上，我要和妈妈讲话。我立马就买飞机票回去，你告诉妈妈。"我急急地讲着这些。哥哥说："杨柳在接线，电话会很快移到妈妈床上。"

"哥哥，不讲了，我要去买机票。"放下电话，我整个人都呆了，归心似箭的感觉折磨着我。不知怎么搞的，那几天飞机票还有点紧张，只买到了第三天的。

在未回湖南之前，我每天给妈妈打电话："妈妈，你还好吗？腿好痛吧。"

妈妈声音呜咽："还好，不是太痛。活老了真害人，要是就这样睡在床上了怎么得了。"

"妈妈不急，这是没办法的事，我先到南昌，和南南（大女儿）一起回去。同时打听哪里有医术高明的医院治跌打损伤，就送你去医治，会好起来的。"

过了度日如年的两天，终于坐上飞机到了南昌，和大女儿会合后一起去湖南。汽车风驰电掣般在路上行驶，我望着窗外，树木、青山、稻田、房屋飞快地闪过。一路上总有个声音在脑海萦绕，妈妈不会死吧？妈妈不会死吧？这声音缥缈绵长，纠缠着我。几个小时后到了平江。离汨罗只要个把小时了，但全是山路。路不熟，司机不敢开夜车，我们只得在平江住一晚，随便吃了点东西便睡了。

次日天刚放亮，早饭都没吃，我们就上路了。平江到汨罗那条公路包裹在崇山峻岭之中，两旁是密密匝匝的树木，不见太阳，整个路面幽深沁凉，似乎置身于另一个世界，带点神秘感。

## 三

一到家，我冲上二楼，叫声"妈妈"，眼泪顿时如决堤的河流。我匍匐在妈妈面前，抚摸着她骨折的那条腿:"妈妈,好痛吧?"妈妈摇摇头,眼里全是泪,嗓子显然被眼泪堵住了。

"外婆,"南南进来,弯下腰说,"车子和担架都准备好了,我们去社港医院,那是个专治跌打损伤的医院。"下楼的拐角处比较逼仄,我生怕妈妈从担架上滚下来,用尽小心,总算将她搬上车了。

妈妈就像一片干巴的树叶静静躺在担架上,我和女儿坐在旁边。到了社港医院,妈妈被抬进一个八人间的病房,睡到其中一张床上。我寸步不离地守着她。一会儿,一个瘦高个子、三十多岁的骨科医生来了。他摸了一下妈妈骨头断处,说:"粉碎性骨折。要上夹板。"然后站在旁边,再不言语。我才意识到上夹板必须褪下妈妈的裤子。我急了,不想让她在医生面前失去尊严。情急之下来了主意,从医生手里拿过剪刀,几下把妈妈身上的蓝色小碎花睡裤由下至上一剪两边,方便医生上药,并绑上了几块薄薄的杉树皮板子。

妈妈一直安静地躺着,由着医生折腾,总算一切都搞好了,又被抬上担架,放进汽车。妈妈依然像片霜打的树叶般躺在担架上,没有声音,也没有生气。一路上遇着不平的路,女儿总叫司机开慢些,也时不时叫一声"外婆"。妈妈每回必应。而我没叫过一次"妈妈",我怕叫,我怕无人应答。

回到家里,妈妈仍躺在挖有洞洞的床上。我睡在挨着她的另一张床上。妈妈安静,再痛也没叫过一声。在她醒着的时候,我叫声"妈妈",问她疼不疼。她总是说"还好"。难道人老了就对疼痛不敏感了?

这一天,我和女儿寸步不离守着妈妈,喂药、喂水、喂饭,还彻底给妈妈抹了澡。女儿又上街买了两个冰袋,还有牛奶和其他很多吃的。妈妈对我说:"之骅,你生了个好女儿,连我都享到了南南的福。你依靠南南,我依靠你。"说完就笑了。南南说:"外婆,心情很重要,你要好好的。我明天回去,妈妈留下来照顾你。我回去后多打听些治跌打损伤的好医院,再远也要带你去。过几天我再过来看你。"

妈妈说:"谢谢啊,我这样子只怕难得好。"

这来去一番折腾,妈妈真的累了,我们便早早熄灯睡觉。

## 四

我怎么也睡不着,摸着妈妈的手,眼泪涔涔,又不敢哭出声来。妈妈的手曾经是软软的、白白的,不知从何时开始变得干巴,手背上一根根筋清楚可见,如地图上的河流。右手中指因顶针戳断了筋,第一个关节弯弯的,永远也伸不直。

搬到此处之前,晚年的妈妈,白天一个人守在庵子里。庵子里让我们建设得很好,除堂屋外还有四个卧室、客房、厨房和伙房(吃饭间)。伙房有电视,靠墙的一面固定有个圆形火膛,村里还没普及电视机时,下雨天、冬天的晚上,都会有人来我家看电视。此外,还有杂物间、柴房和厕所。每天妈妈穿梭在这些房间里,就如穿梭在一个小小的迷宫。

躺在妈妈身边,记忆如涌泉般汩汩流出。记忆看不见,摸不着,却如刀子刻在石头上的字一样抹不掉。

记不清是哪一年,妈妈为了驱除寂寞,要求哥哥给她买只小猪养着,说猪睡觉有哼哼声,她就有个伴。再则多点事做,更好打发时间。

哥哥怕累着妈妈,一拖再拖。一次我回家,妈妈背地里和我讲,要我帮她说服哥哥给她买只小猪养。一日的晚饭桌上,大家心情都很好。妈妈瞟一眼哥哥,又示意地看了下我,说:"我多久就想买只小猪养,哥哥怕我累就是不肯,我觉得我能养,实在养不了卖掉就是。"我说:"妈妈这主意不错,先试试吧,有猪的哼哼声妈妈会觉得有个陪伴。我也体会过,有时一整天就只有风声,人太寂寞。冬天冷,夏天日子又长,时间在妈妈心里更难熬。"

哥哥笑着说:"妈妈,就依你老人家养只猪吧。养不了,不霸蛮,卖掉就是。养猪也要有地方,总不能养在床底下吧。妈妈,莫急,我们一步步来。我明天就去请老三来挖装猪粪的池子。池子挖好了还要糊上三合土,然后请泥瓦匠来砌墙。"

于是花了一段时间,哥哥在杂物间的隔壁做了一个猪屋,约有十四平方米大,地面铺了长条麻石,墙上安了木格窗子,屋内敞亮。一切准备工作做好了,妈妈只等哥哥下班回来一起去买小猪。傍晚,夕阳已衔入远山,温吞的余光流连在天际,在云彩上抹出几片淡红。妈妈是个急性子,哥哥一到家,刚坐定喝上一杯茶,就被妈妈催着去买小猪。哥哥提着个小箩筐,陪妈妈走过一丘田,去对门绍凡哥家买小猪。绍凡哥家的母猪下了八只猪崽,只只都好,身上的毛白得闪亮。挑了一只,称重,只花了十块钱,妈妈从兜里拿出票子,绍凡哥堂客接过钱说:"杨娭毑你的钱捂了多久,都温热了。"

"个把星期了,好不容易今天才等到我家杨老师的时间呀。"妈妈笑着说。

猪栏里铺着整齐的稻草,小猪一进栏里,就趴在稻草上舒服地睡着了,似乎它一直住在这里。

妈妈说:"猪是个头脑简单的家伙,难怪会长肉。"

哥哥说:"妈妈,你又多一件事做了,平时喂猪、去菜园动作要慢点,要洗的东西等我和杨宽回来洗,栽到塘里去可不得了。"

## 五

　　每天吃过早饭，妈妈就提个篮子进菜园，去摘菜或弄点嫩草，回来和着米煮成稀饭喂小猪。菜园小草上的露水晶莹剔透，闪闪发亮。妈妈说幸亏我帮她买了雨鞋，穿上就不会打湿脚了。这雨鞋式样好看又跟脚，妈妈喜欢得不得了，也爱惜得不得了，每次穿后都抹得干干净净，挂在床头的钉子上。后来我又给妈妈买了双一模一样的，妈妈说："我一辈子都够穿了。"

　　小猪很快长到了三四十斤，需要去镇上买饲料来喂了。哥哥已不是二三十岁时能挑两百斤的哥哥了，挑一百斤饲料走十二里路有些勉为其难。如是，哥哥只得学会推乡下的木制独轮车。木制独轮车只有一个轮子，讲的是平衡。第一次上路，哥哥只敢推一百斤饲料，非常吃力，很难掌握平衡，一路上涨红着脸，紧张得不得了。车子是借的，若是翻了车，搞坏别人的车子，是要赔的。妈妈几次在路口张望，同样悬着一颗心。当看到哥哥推着车如扭麻花般回来了，妈妈大笑着要上前帮忙,想去扯住那带点角的木龙头。哥哥只得放下车子,一脸窘相,说:"看到别人推百吧斤东西不要一点紧,车子一到我手里就不听使唤了,左右不是,把握不住。真没本事。"妈妈说:"不会推个土车子就是没本事?这从何说起。别人想写几个字只怕比你推土车子更难。熟能生巧,多推几次保你会推了。"后来哥哥真的学会推独轮车了。

日复一日,不知是妈妈陪伴着猪还是猪陪伴着妈妈,总之,妈妈有一种隐隐的幸福和欢乐。

春天,庵子里周边树林茂密,叶片闪着光,路边有野生的小花从碧绿的杂草丛中冒出头来。夏天,炽热的阳光洒在道路上,妈妈出门就用一把蒲扇遮着。秋天,秋色满目,秋声满耳,抬头望去,天空高远,湛蓝无际,云影幢幢,蔚蓝的天空和碧绿的原野之间留下了妈妈许多身影。

冬天到了,白雪皑皑。塘里的水冰寒彻骨,洗什么都不方便。幸亏猪长成了一头大肉猪,可以出栏了。终于在一个大晴天,来了两个收购猪的贩子。两个男人一胖一瘦，一高一矮。矮个肩着一杆长长的秤，走进门，高个脸上挂着笑容，讨好似的对妈妈说："杨娭毑，听说你养了只大肉猪，卖给我们吧。"

妈妈说："卖是会卖，只不晓得你们出的价格我满意不。"

"杨娭毑，我长年在这里收购猪，别人都认得我，价格绝对公道，你可以去打听。"

"我也懒得打听，相信你不会欺负我。吃亏上当也就一次，骗了我明年就不卖给你们了。"妈妈笑着。

两人看过猪后对妈妈说："杨娭毑，那我们明天这个时候来称重，你记得莫喂潲。"

妈妈说："只管放心，我不得喂潲。"

收购猪的人走后，妈妈便去了上屋雪梅家，告诉雪梅，有两个买猪的人来了，她准备把猪卖了，再去买只小的来喂。

雪梅说："我这次有两只肉猪要卖，也说明天来称。"

"你卖的价格是多少钱一斤？"

雪梅把价钱告诉了妈妈。

妈妈说:"他给我也是出的这个价钱。只不晓得他的那杆秤有不有名堂,我是第一次卖猪,不懂得行情。"

雪梅说:"他的那杆秤是五斤起头,你先用自己的秤称好五斤东西,明天他们来,再用他们的秤称一下,就能证明有不有名堂呀。"

第二天,买猪的按时来了,他们熟练地打开猪栏门,猪哼哼着走了出来,那买猪的人只对猪肚子瞟了一眼,便说:"杨娱驰你真是个光明磊落的人,这猪一口潲都有吃。收了多年猪,好难得碰到你这样的老人家。"

妈妈说:"我是卖猪,不是卖猪潲。多卖几个钱我也不得发财。只是我非常舍不得卖掉它,恨不得长期喂着,每天听着它的呼噜声,似乎家里有个人。"

高个说:"要喂猪还不容易,明天就可以买一只小的来喂。"又告诉妈妈谁家有小猪卖,谁家的品种好。

猪用麻绳兜着,一过秤,居然有一百八十二斤,妈妈激动得脸上现出两坨红晕,数着票子很是兴奋。

"杨娱驰,明年还有肉猪一定卖给我们。"买猪的这般叮嘱。

## 六

妈妈离不开猪的哼哼声了,猪成了她生活的一部分,每次卖了肉猪就立马买只小猪来养。一晃就是几年,收购肉猪的两位男士成了妈妈家的常客,来村里收猪时会到家里坐坐。一次,妈妈对他们说:"你们长期在外收猪,帮我打听一下哪里有上等的好杉木卖,我要打副好棺材。"高个说:"杨娭馳,这事包在我身上,杨娭馳是想早些准备一副长寿(方言,叫棺材都叫长寿),是好事。"

一日,吃晚饭时,妈妈像一个稚气未脱的孩子,拿出一方蓝色格子手帕包的东西,边打开边对哥哥和宽弟说:"我给你们讲件事。我卖了几年猪,钱都在这里。这些钱是我养猪赚的,不给你们,我要为自己做一件事。我要打一副很大很气派的棺材,死了不愁没棺材睡。我自己来解决这个事,不增加你们兄弟的麻烦。"

哥哥说:"这钱自然归妈妈,我们都不会要。妈妈平时总说自己是一个吃空饭的人,其实真不是,妈妈为我们做了很多事,所有家务都包下来了。只是我们累了妈妈,很过意不去。"

"一家人还讲那么多客气话,我还能做,证明我身体好。没有什么过意不去的事。"

过了一些时日,只听得路上传来吱呀吱呀的土车声,妈妈出去一看,那个高个居然推着一车杉木筒子,用根粗麻绳绑在车头上,另一头压过矮个的肩,他正用双手在胸前使劲拖着,如纤夫一般。杉木就放在禾坪里,妈妈连连说:"辛苦了,辛苦了,先进屋喝杯茶再说。"

高个告诉妈妈价钱,并说钱不忙付,先找人看看是不是好杉木:"如果要得,你就付钱,不满意我就拖走,我们花点力气就是。"

"哪有要你们拖走的道理,我信得过你们。"妈妈说。

高个说:"我把在村里收猪的情形跟父亲说了,父亲说肯定是杨乡长家里，杨乡长以前为穷人做了好多好事，现在两个崽都在教书，也算熬出头了。这树还是我父亲去平江山里亲自选的，今天天不亮带着我们去买来的。"

几十年后还有人在妈妈面前提起父亲，妈妈心里生出无限的温情，眼圈一下红了，连忙说："请代我向你父亲问好。"

只听得高个又一声"杨娭毑"："这木头不能放在禾坪里日晒雨淋，要搬到屋里去阴干，隔三四个月才能锯成板子。"

妈妈显得一筹莫展，这么多树筒子往哪里搁呢，便求助道："你帮我看看，搁在哪里好就搁在哪里。"

高个四处看看，说放在杂物间最好，通风又安全。两人便努力将树筒子搬进了杂物间，摆得整整齐齐。高个说："杨娭毑，以后的事你都不用操心，到了能锯成板子的时候我会带人来。"

妈妈的那副长寿实在打得比别人的都大，墨黑的油漆闪闪发光，显得威武而雄壮。用两条长凳搁在杂物间,上面盖了两层牛皮纸,免得落下灰尘。这一搁便搁了二十二年。头几年,我每次回家,妈妈免不了要带我去杂物间抚摸她的得意长寿,而我总是眼泪汪汪,咽喉梗塞,讲不出一句话。想到妈妈终有一天睡进这里时,我们母女便近在咫尺,远在天边,再无见面的机会了。妈妈还会要我看她准备的寿衣寿鞋,那一刻,我会哭得稀里哗啦。

## 七

妈妈后来又叫杨柳弄了只小狗来。那是一只小母狗,全身黄毛,脖子上有点黑毛,取名来富。只要来富一声吠,妈妈就会倚门张望,知道一定有人来了。来了人,妈妈会泡上豆子芝麻茶,搬把椅子挨着客人坐着,如是家长里短就开始了。如遇上有文化的客人,妈妈会讲她看的书,给人家讲书里的事。

后来又捡了只小猫乖乖,家里似乎更有生气了。冬天,暖暖的太阳照进堂屋,妈妈怀里抱着小猫,坐在她的藤椅上看书，那样子真是无限享受。

我由每年回一次家增加到两次，离别时总是会哭，伤心不已，真是"相见容易，别时难"。妈妈往往头晚就交代我，走时不要哭，几个月一过又回来了。

妈妈送我的路程也在慢慢递减。起先能把我送到陈家冲，那里要上一个小山坡，然后有一段长长的下坡路，再经过长长的田垄，到了陈家冲屋门口，妈妈站在陈家冲坪里，目送我拐上另一条路，一拐弯就看不见我了。我走后，妈妈可以在二宝家坐坐。这样就减少了许多分别的伤感。

不知从何时开始，妈妈不能送我到陈家冲了。那田垄里的路太难走，因分田到户，家家把路往自己田里挖，能走的只剩下尺把宽了。妈妈站在那个山坡上，非要目送我不可，挥着手示意我走，不管我走多少步回头，总能看得到妈妈的身影，慢慢的，身影越来越小。最后一次回头，挥着手示意妈妈回去。我拐上了另一条路，泪流满面，脚步蹒跚，在心里说，妈妈，再见。我很快又会回来的。

其实通往陈家冲这条路,也是我少年在家时呼喊过狂奔过的地方,年复一年,我成了个外来人,待几天又要走。年复一年,妈妈望着,望着,每次的见面,每次的离别,最后都聚集在这个小小的山坡上。

妈妈到了八十好几的时候,已再不能送我到山坡。一次回家看望妈妈,我把她要洗的东西全部洗了,要做的针线活也都做了。妈妈非常快乐,总是说有你真好。可是我不能长期在妈妈身边呀。

一次,哥哥背地对我说:"妈妈真坚强,最苦的日子也没把她打败,我觉得妈妈比我活得还有劲,我有时真不想活了,活得太没意思。但因为妈妈,我得打起精神活。"

"哥哥,我知道你十分委屈,妈妈体会不到你的孤单和寂寞。但是这又是没办法的事,妈妈很依赖你,有你,她活得快活。其实她又在尽量不依赖你,自己的事尽量自己做,甚至她觉得还在照顾你,在我那里住时老念叨着:'你哥哥只怕好久没买肉吃了,我不能住久了,哥哥可怜。'妈妈觉得你和她住在一起是幸福的,她觉得只有她疼你。她自己有你陪伴更是幸福，但只有我明白让你一个人长期陪伴妈妈的苦衷，你也想享受一下自己的天伦之乐呀。但是你因了妈妈没有自己的自由了。"

一次回家探望妈妈，妈妈只送我走出禾坪，说："你快走吧，我走得慢，不耽误你，有哥哥送你我放心。"话毕，转身就往回走了。我不放心，倒回去，想看看我走后妈妈在做什么，却看到妈妈正躲在禾坪那棵橘子树下哭泣。我没有勇气去劝妈妈，硬是硬着心肠走了。此情此景，让我终生难忘，硬是嵌在脑子里了，每每想起，那画犹在昨天。

后来哥哥把家搬到镇上，交通十分便利，我只需走到门前马路上就有一个车站。有一次，等车的过程中车迟迟没来，我又倒回去看妈妈，只见妈妈坐在大门口，睁着一双空茫的眼睛直直望着我离去的那个方向。我泪流满面，恨不得不走了，再陪妈妈住住，但我没有这样做，车来了，我义无反顾地上了车。刚到自己家，电话就来了。妈妈说："是你吗，之骅，你已平安到家，我放心了。等天气暖和了，我一定去你那里。"

那年,妈妈八十八岁。

此刻我对自己说,这次硬要好好陪伴妈妈,这是我此生唯一能给予的,就在当下,不能再拖,生命不会等待了。

## 八

想着想着,天就亮了,趁妈妈睡着,我轻轻起来,关了空调,打开门,换下空气。我站在阳台上,这是一个大晴天,太阳破雾而出。阳光透过禾坪的大樟树,纷纷扬扬洒在阳台上,又透过纱窗门将白白的光直射进室内。

弟弟还没退休,哥哥一起床就来妈妈房里,见妈妈还没醒,赶紧轻轻地走了出去。等一会儿哥哥又回来了,妈妈已醒来,他问:"妈妈,今天好点吗?"妈妈只是无力地摇摇头。显然昨天去社港那一趟把妈妈弄得很累了。

第二天,哥哥走进来,妈妈立马说:"之骅,给哥哥泡碗茶，不要放豆子，多放些芝麻。"语气带着欢快。妈妈曾对我说："我八十多岁还能给儿子泡碗豆子芝麻茶吃，证明我身体好，有能力。"那表情是多么自豪。如今只能让我替代她泡茶了。

早晨我喂妈妈吃稀饭，下饭的是我带来的榨菜。妈妈一直认为江西榨菜好吃，每次回家总要我带点榨菜。这纯属爱屋及乌，因为江西有她最爱的女儿。每每想起这些，我都无法控制住自己的脆弱，眼泪止不住要流出来。

妈妈是农历六月十一跌倒的，今天六月十八了。从跌倒那天算起今天是第八天了，日子过得好快啊。

我问妈妈："感觉好点没有？"

妈妈脸带悲伤地轻微摇头。

"妈妈，没那么快好，你放心，你没好我就一直陪着你。直到你好了为止。"

妈妈终于受不了杉树皮绑在腿上，一日我早起，看到地上丢弃的杉树皮和绷带，妈妈晚上偷偷将杉树皮解开了。"妈妈，杉树皮绑在腿上很难过吧？"

"我感觉断的地方根本无法绑,松松垮垮绑在腿上更碍事,我把它拆掉了。"

"妈妈,吃了早饭再去请骨科医生来看,莫急。"

每餐吃饭时,我先问妈妈吃点什么,妈妈有时吃几口干饭,有时吃点稀饭。而我一日三餐都端着饭坐在妈妈身旁吃。妈妈看着我说:"多夹点菜,你回来了,应该把伙食搞好些。有菜吃吗?是我害了你,这样睡在床上不能动怎么办?洗个头、洗个澡都不方便。要知道你回来,我前两天洗头就好了,怕头发有油脂气味。"

"要是妈妈跌倒那天我没去南京就好了,就可以和南南立马赶过来,多陪你几天。妈妈,你这样躺着是怎么洗头的呢?"

"几个人把我横移在床边,把头伸在床边外面,端盆的端盆,倒水的倒水,洗头的洗头,比杀头猪还难。"

"受了好大的罪吧?"我感觉喉咙堵住了,讲不出话来。

我每天给妈妈抹澡、抹脚,当我摸到那双变了形的解放脚时,脑子里一个小女孩裹脚的画面浮现出来。日月无情,我无法把那双稚嫩的小脚和这双变形的老人脚联系起来。妈妈幼时裹过脚,中途放开了,成了双半大脚,只能穿三十三码的鞋子。妈妈一直自己做鞋子穿,后来不能做了。我每次去商店都会看鞋子,有三十三码的就赶紧买下来,但也很难买到双合妈妈脚的鞋子。

妈妈说:"鞋子和一年四季的衣服都是你给我买的,还要你怎样好?买不到合脚的鞋子只怪自己脚不好,还能怪你不成。"我笑道:"当然怪我,我要是个鞋匠就可以替妈妈做小一点的鞋子,谁叫我没本事没技术呢。"

"我们这些人是没本事,活该受罪,连个电饭煲都发明不了。你们兄妹几个,没什么本事,只是会读书。可是又偏偏送不起。"

"妈妈,我们就是读少了书,能发明电饭煲的人肯定读了蛮多书。要是我们上了大学肯定能发明电饭煲。"

我笑,妈妈也笑,那时的妈妈依然有精神和我絮叨。

那次回老家,侄子买来个电饭煲。妈妈跟着我去盛饭。看着香喷喷的白米饭,没一丝锅巴,妈妈摸着电饭煲说:"这电饭煲真好,不声不响就把饭煮熟了,还不结锅巴。我们这些人活该受苦,连个电饭煲都发明不了。"

类似这样的话妈妈讲过几次。围着灶台转了几十年,煮饭给她带来许多困扰,因为事情多,总是不小心将饭烧煳了。小时候,妈妈将黄黄的锅巴捏成饭团分给我们吃,吃在嘴里喷香。长大了,生活也好了,这锅巴饭团没人吃了,只得用来喂鸡。也有没鸡的时候,这锅巴便只能浪费,妈妈百般无奈。

妈妈晚上很安静,从来没哼过一声痛,她是心疼她的孩子,生怕影响我们睡觉。

## 九

第十天,一早起来给妈妈洗脸,刷牙,梳头,我将她两侧头发掖在耳后,露出虽衰老却仍白净精致的脸,妈妈脸上并无太多皱纹,更没一点老年斑。妈妈问我:"我很难看吧,像一个病鬼躺在床上。会不会吓着你们?我死了给我化点淡妆,让面孔有点生气,免得吓着人家。"

"妈妈什么时候都好看,哪里像个病鬼?"

房间大立柜上嵌着面镜子,我往年回家,常和妈妈一起站在立柜前照镜子,生怕身上的衣服皱皱巴巴没穿熨帖。妈妈总说,人老了本身就丑了,再邋里邋遢,别人都懒得理你。

"妈妈一直干净,头发从来没乱过。我给你买的头油还有吗?我家里还有两瓶老不记得带来。"

"还有,我要的东西从来没断过。总是你专心给我买。"

"妈妈,你要的东西又不贵,小东西我买得起,要是妈妈找我要坨金子就不得了,那我买不起啊!"我笑。

妈妈也笑,说:"我又不疯,找你要坨金子干什么?"

我又跟妈妈说起吃鸡脚爪的事。

以前妈妈去我那里住,我总会烧鸡脚爪给她吃。鸡脚爪烧得烂烂的,妈妈每次都说我烧的鸡脚爪真好吃。

有次我要回湖南探亲了,问妈妈需要带什么,她说烧点鸡脚爪带回来,我又想吃了。

那次我买了三斤鸡脚爪,头天晚上就红烧好了,第二天用保鲜袋装好,外面又多套了两层保鲜袋。还买了刚开坛的新鲜榨菜,黄里透着淡淡的绿色,带点红辣椒,我又要了点汁,也用保鲜袋装着,看着这两件东西,想着妈妈吃它们的样子,自个儿先欢喜了一番。

到了家,妈妈将鸡脚爪蒸热,放在饭桌上,好大一盆。妈妈吃相斯文,但那次放下了矜持,双手拿着鸡脚爪啃,专心致志。我和哥哥收拾饭桌,看着那堆妈妈吃剩的鸡脚爪骨头,哥哥说:"数数看,妈妈到底吃了几个?"一数有十一个,再仔细一看,妈妈根本没吃到鸡爪上的肉,只吸吮了一些味道。哥哥叹道:"人老了真可怜,没了牙齿不好吃东西。要不我们用水果刀把鸡脚爪上的肉刮下来?"晚饭时,妈妈得知我们的意图,横竖不肯,说对鸡爪已经吃厌、吃伤了,再不要吃了。

"妈妈还有印象吗?"

"岂止有印象,太记得了。"

"妈妈,去年好不容易去了南昌,计划住三个月,过了中秋节再回去。怎么忽然改了主意,只肯住两个月,就要哥哥来接你回去?是不是我有哪里对你不好,不肯住了?"

"不是不是。我刚到你那里时几乎是个瞎子,夹菜都看不见,我都不好意思讲出来,自个感觉十分悲伤。在你那里做了手术,我重见光明,这是想都没想到的事,真的太欣慰了。我要回去告诉大家,我的眼睛治好了,能看到东西了,我的女儿对我有多好……"

妈妈越讲越兴奋,声音都大起来了。

"眼睛好了,在你那里看了两个特别好看的电视剧,《前门楼子九丈九》和《白银谷》,还看了三本廖辉英的言情小说,还有《读者》和《南昌晚报》。去年去南昌用的行李箱,我藏在床底下不给别人用,本想今年再去你那里,如今成了这个样子,怕是去不成了……"

妈妈一席话,把我讲得眼泪涔涔,喉咙梗塞。我不停地抚摸妈妈的手,摩挲着被顶针戳断筋的那只弯着的手指头。眼睛则呆呆地望着墙上的石英钟,它用固有的频率不紧不慢地走着。

待了好一阵我才说:"妈妈,一切都会好起来的,只要你能坐轮椅,就带你去南昌,我会推着你出去散步。去年在商场,南南给你买了双合脚的鞋子,今年再去买两双。"

"那么好的鞋子一双都穿不烂。四十多块钱呢。"

"是在童鞋柜台买的,不是四十多块钱,是八十多块钱。南南骗了你。"

"南南真好,怪不得那么好穿,软软的。我死了,记得把那双鞋放进棺材里,我要带走。"

我噙着泪,挣扎着说出一个字:"好。"

## 十

我和妈妈在絮叨中送走一天又迎来一天。天又开始黑了,度过这个黑夜,将迎来第十二天。

"妈妈,今天感觉如何?"

"和原来一样,没好也没坏。"

"那就好,一定是骨头在慢慢长拢。"我说,心却一阵疼痛,喉咙堵得慌。我知道我在自欺欺人。

好像有心灵感应,妈妈说:"我死了,你不要太伤心,人活老了不好,自己不好过。要是生活不能自理就真的没尊严了,我不要那样活。"

"妈妈不能死,也不会死。又不是五脏六腑出了问题,妈妈死了,我就没有勇气回湖南了。我记得妈妈七十岁时,要哥哥弄了个竹筒钉在大门框上,你每天点燃一根香,双手合十对着天作三个揖,口里念念有词。妈妈,我一直想问你对老天爷讲些什么悄悄话呢?"

"我不怕死,死了什么都不晓得了,也没有了痛痒。我又怕死,就是怕死的过程太难,躺在床上要人侍候,害了你们。我求老天爷保佑我要死快点,莫吃磨床饭(躺在床上要人侍候),也不知有不有用。"

"妈妈,不想那么多,我会好好照顾你。做个孝顺妹俚,像哥哥那样孝顺你。"

我们三个里做得最好的是哥哥,提早陪妈妈住在庵子里十年,多不容易。哥哥退休时才五十多岁,这十年彻底放弃了和妻子儿女住在一起的日子,一般人做不到。

"哥哥不管妈妈讲得对不对,从不顶撞,我就不行,我会顶撞。我觉得妈妈最最喜欢哥哥,却不喜欢我,有点重男轻女。"

"不喜欢你还是把你带大了。"妈妈笑。

"我开玩笑的,妈妈莫当真啊。我记得夕莹在的时候,你总是牵着我们去乡下买蔬菜买鸡蛋,别人总是夸我和夕莹长得好看,你欢喜得不得了。其实我没有夕莹好看……"

"都好看。"

"妈妈,我觉得你在花屋里教书那些年是我们最幸福的日子,那时你才真正是亭亭玉立,好好看啊,我为有你这样的妈妈而自豪。"

"那时年轻,当然好看。年轻无丑女。"

"我记得有一次你带着我和夕莹去买鸡蛋,走到那家人门口,一条好大的蛇盘在门槛边,昂着高高的头,嘴里吐出分叉的信子,妈妈说蛇的信子是帮助闻味的,要是闻到了我们的气味，会咬我们。我们走又不敢走，怕蛇追来。你大声喊着梅婶快出来，我来买鸡蛋，一条蛇盘在门口……

"一个健壮的女人慌忙地出来了，一边大笑说：'梁老师到底是教书人，蛇都怕。'又对着蛇说：'快走快走，来了客人还堵在门口。'

"她这一说，那蛇当真松开盘子朝另一个方向爬走了。我和夕莹依然余悸未消，紧紧挨着妈妈走进灶屋。

"天哪，灶门口也盘着两条蛇！眼睛滴溜滴溜，分叉的信子吐进吐出。

"梅婶子那薄薄的嘴唇开合，不慌不忙地滔滔说着：'梁老师，蛇是好东西，通人性。你只管坐。我来烧水泡茶，难得来一回，总要喝杯茶走。'

"你说：'我怕你们家的蛇。还是快拿蛋给我吧。'

"三个人如邯郸学步一样亦步亦趋挨着梅婶子走进卧室去拿蛋，看床中间也盘着一条好大的蛇，神气地伸出分叉的信子，也不知要干什么。

"'床上有条蛇。'妈妈你惊叫起来。

"梅婶子说：'不怕不怕。我晚上还和蛇睡在一起呢。'

"梅婶子拿出三十个鸡蛋说：'我只收你二十个蛋的钱，我崽在你那里读书，我从来没去看过你，真是对不住。'

"你问清了鸡蛋多少钱一个，硬是把钱塞给她，然后说：'梅婶子，请你送我们出门，你家到处都是蛇，不知在哪里又会碰到，实在怕。'

"梅婶子说：'好大一个人还怕条蛇，梁老师也真是的。'

"她把我们几个送到禾坪。你让她回去，说不用送了。

"梅婶子说：'我要送你们走过塘边，那里真有蛇，不要吓到你们了。梁老师，对不住，茶都没吃一杯。'

"走过水塘，梅婶子回去了。我们摸着怦怦跳的心脏，犹如逃过了一劫。"

我直起半个身子，去看妈妈的脸，只见妈妈眼睛放光，一副若有所思的样子："你好记性，小时候的事记得那么清楚。"

"妈妈,这不用记,硬是刻到脑壳里了。"

"你还记得不?梅婶子有个崽叫刘柏华,高高瘦瘦的,在我班上读过书。"

"妈妈,你莫讲,我来讲。你吃得少,讲话要耗精神。"

我发现回忆往事给妈妈带来了意想不到的快乐,实在是太值得了。

## 十一

刘柏华当过妈妈的学生,人长得瘦,比同龄人高点,皮肤黝黑,粗糙得跟树皮一样,尤其是胳膊和腿上的皮,干燥得会翻起一些小小的白皮,因为黑,越加醒目。别人说这种皮肤叫蛇皮。

刘柏华最大的毛病是时时刻刻吮着左手大拇指,把个大拇指吮吸得皱皱巴巴,白白的,血色全无,还会有一种讲不清的气味。同学们都不和他玩。他就站在一个偏僻的地方专心吸大拇指，吸得津津有味。妈妈跟他讲了好多道理，要他别吸了，也不管用。后来，妈妈想了一个办法，叫一个学生在山上搞了一把黄连，熬成浓浓的汤汁，把一块白棉布浸在里面，又拿根线来，在黄连水里打湿，然后找到刘柏华，把布包在刘柏华大拇指上，再拿线缠了几圈，打了个死结。妈妈对刘柏华说："这是浸过黄连水的布，苦得不得了，你千万不要吸，晓得不。你还会长大，长成一个男子汉，要讨堂客要生细伢子，这毛病一定要改掉。"刘柏华不停地点头。就这一招，刘柏华不吸大拇指了。大拇指开始有了血色，开始长粗。

世界真小，我在铜鼓居然碰到了刘柏华，没想到他也跑到了江西。我犹豫了一下，还是叫了声刘柏华。他看着我，似乎不相信。我说："你不认得我？花屋小学记得不，那个女老师记得不？"他一下想起来了，小小的眼睛放着光芒，双手摸着脑壳："你是梁老师的妹俚，你也跑到江西了。"

"我六〇年过来的。"

"梁老师过来了吗？"

"就我一个人过来了。你呢？"

"我还是一个人，父母都过世了，如今我在西向落户了。我也是六〇年来的，那年饿死太多人了。再不跑我也会变成个饿死鬼。"

"我住得西向，蛮山的，离县城四十多里。去我家里坐坐吗？"

"今天不去了，空着手不好意思去。"

听我这般回忆，妈妈问："他还是现样子吗？"

"长高了，是个大人样子。我特意看了他的大拇指，正常了。"

## 十二

"妈妈，有件事我印象特别深，总不记得问你。我四岁多那年，家里来了个当兵的，长得好看，头发总是抹着凡士林。冬天凡士林抹不开，他就低着头对着火烤，把凡士林烤化了，就从裤子口袋里拿出一把短短的梳子使劲梳,梳成个大背头。我就站在火炉边看着他梳头。

"那天下午他带我去钓鱼,那口塘不大,他带我坐在塘边的草地上,钓了好久没钓到一条鱼。

"他对我说:'我到那边去试试看,你好好坐着不要动,掉进塘里就不得了了。'我说:'好。'

"他刚走到塘那边,还没坐下,不知从哪儿走来一头大黄牛,大概怀了小牛,肚子特别大。我还没来得及看清,它就把我挤进塘里了。妈妈,我对这件事印象好深,多久就想问妈妈,又总是忘记了。妈妈,你还记得这回事吗?"

妈妈面带微笑,眼睛亮亮的,轻轻柔柔地说:"你一讲,我有点记得了。"

"妈妈,你不想讲就不讲,听我讲就是。那个当兵的吓死了,飞奔过来,跪在塘边一把把我提了上来。我湿沥沥的一身直往下掉水。他抱着我飞跑回家,让我站在火炉边烤火。妈妈立马拿个脚盆放在火炉边替我洗澡,那个当兵的连忙转过身,背对我。妈妈对那个当兵的连声说:'没淹死就好,没淹死就好。'这事我记得十分清楚,连妈妈说话的样子我还记得呢。"

妈妈说:"你记性真好。我这样讲也是为了安慰他。"

"不是我记性好,而是掉到塘里差点淹死,能不记得吗?"

妈妈真的想起来了:"我记起来了,是梁秘书呀!他是你爸爸的好朋友,又是河南开封人,又和我同姓,就越发觉得亲切。他比我小几个月,你没听他总是'姐、姐'地叫我。那次是他回家探亲绕道来看我们,我们书信往来有几年,不知从何时起收不到他的回信了,寄出去的信也如泥牛入海,再也联系不上他了。"

## 十三

妈妈有时说:"我不想吃饭。"

"不吃饭不行,不吃饭就没精神讲话,你没精神,我也懒得讲了。再者,不吃饭,就没有营养,腿就不容易好。等你能下地坐轮椅了,我就推你上街买东西,我一时半会儿不回南昌,留下来陪你。以后还要带你去南昌买鞋子。"

妈妈便会乖乖地吃点饭。

我那时从来也没想过,妈妈的里程碑开始倒计时了,总觉得她是个程咬金,会慢慢好起来的。

一早醒来,发现妈妈在侧着脸看我。我连忙坐起来:"妈妈,你早醒了吧,怎么不把我叫醒。"

"我又没事,我就看着你睡觉的样子。想着你小时候真可怜,刚懂事,家里就败落了。帮我撑起这个家,不是你那么努力,我会活得更苦。"

"妈妈,我现在顶好的,过去吃过的苦都过去了。从前我都没怎么照顾过你,这次我一定要多陪陪你。"

"你对我好得不能再好了。去年去南昌做白内障手术,五千块的进口晶体,你一下都没犹豫,你和南南一起陪我做了手术,让我重见光明,那感觉就像从阴间回到了阳世。现在已经有一年了。"

"妈妈,我起床吧,我们梳洗好,好去吃饭。吃完饭，就好吃止痛药。然后我再躺在你旁边和你絮叨。我们有的是时间。"

"有你真好。有你我就胆子大些。"

"我不在你也不用怕，谁敢欺负我们的妈妈？"我终于将妈妈逗出了点笑容。

"妈妈，我爱你。好爱好爱。"我平生第一次在妈妈面前讲出了肉麻的话。

妈妈笑了。

电话铃响了，是大女儿打来的。我接过电话说："先和外婆说说话。"我把话筒递给妈妈，妈妈将话筒拿在耳朵边，这动作是如此娴熟，看得出来妈妈曾接过很多很多电话，这电话都是我打给妈妈的。

妈妈对着电话说："南南，我还好，腿也不是十分痛，有你妈妈在就好。就是累了你妈妈，很过意不去。"

我又对妈妈说："妈妈，你不是我的负担，我喜欢和你在一起的日子，要不是因为你，我就不会回湖南了。千万不要有连累了我的想法。"

妈妈想起一件往事，说了起来。

"那年去你那里住,你们家养了两只鹅,雪白雪白,因为经常吃着饭拌糠,长得极其肥胖,一只得有七斤重。一从笼里放出来,就嘎嘎嘎嘎、呱呱呱呱在房前空地上示威似的叫个不停,十分吵人。吃又吃得多,又怕吵到邻居……后来一家人商量,决定卖掉一只。到了星期天,我们把鹅的脚和翅膀绑紧,放在篮子里,让妈妈和南南去菜市场卖。南南怕碰到同学不好意思。两人选了一个角落坐着,把鹅摆在面前,整整半天,买菜的人都陆续走完了,没一个人来买鹅。最后终于来了一个女人,问了一句:'鹅要卖多少钱?'

"南南说五块钱。那女人说:'四块钱我就拿走,多一分都不要。'

"我看那女人很神气的样子,就说:'五块钱都不卖了,南南,回家去。'我说着便起身,毕竟六十多岁人,在地上坐了一上午,起来时有点艰难,我拉着南南一只手说:'南南,外婆老了,坐在地上起不来了。'后来南南说:'外婆,我当时觉得你真神气,好佩服你的果断。'"

妈妈在病痛中，忆及往事脑子还能那么清晰，真让我欣慰。我想这要归功于她平时喜欢看书，妈妈几乎是手不释卷，只要有空就坐下来看书，晚上睡觉前非要看一会儿书才能入睡，这成了她终身的习惯。

又一天的晚霞降临了，趁妈妈睡着，我轻轻开门站到阳台上，西方天空的火烧云把天烧红好大一片，想着小时候妈妈很喜欢带着我和夕莹看彩虹，再也忍不住眼泪，任由它们哗哗地流下来。多日来，我强打精神，假作轻松。此刻想着躺在床上的妈妈生死未卜，心如刀绞。我尽情地哭啊哭，忘记了时间。月亮出来了，照耀着寂寥黯淡的屋脊，清凉的风把滚烫的泪也吹凉了。

## 十四

又是一个黎明，新的一天开始了。给妈妈洗过脸，梳过头，抹过澡，一切就绪。药也服过了。我依偎在妈妈身边。

"妈妈，回想起来，在那种困境下，我来和你讲要读书，其实真不懂事。那年我十二岁，赔三才四岁多，田四两岁，一日三餐五口之家就靠你一双手，还有哥哥每月拿回来的钱和粮票过活。想想这日子过得有多紧巴。哥哥同样过着半饥半饱的日子。哥哥胃口好，吃得多，真是苦了他。妈妈你曾笑着对我说：'你看哥哥吃饭有多斯文，其实他吃得最多。'"

妈妈笑："哥哥总是一副斯文相。"

"我的求知欲现在想起来都有些不可思议。十二岁才发蒙就读四年级。除了上厕所就总是做数学练习题，因数学最差。结果小学毕业我考了第一名，语文数学都是满分。"

"你考完小是我给你看的榜，榜上你的名字写错一个字，我还以为你没考取呢，我便去教务处问，结果你考取了。"

"妈妈，你还记得不，那条上学的路好长，首先要经过黄泥冲塘边。传说日本鬼子杀了很多很多人丢在这塘里，说日本鬼子的东洋刀特别厉害，砍起脑壳来就像切萝卜，一刀一个，然后丢进塘里，把一大塘水都染红了。经过那里时我的脚总是软的。然后是长长的山路，两边都是树林。山路走完就上了那个凄凉的山坡。一次，我走到山顶上，正碰到一只大黑狗站在那里，拦了路。它骨瘦嶙峋，肚皮上大概是因贪吃被人浇了开水，落掉一大块毛，露出紫红的皮肤。它伸着长舌头虎视眈眈看着我，我前进不得，后退又不敢，怕它来咬我。我们就对视着，那种恐怖像面临死亡一样可怕。其实那是条善良的狗，它不曾想咬我，而是防备着我会打它，过了有一阵子，那狗飞快跑下山去了。我摸着胸口，脚已吓软了，踩在路上轻飘飘的。这十二里路好像比到新市的十二里路要远得多。"

"路不好走，就会觉得很远。"

"因为想读书，翻山越岭我也不在乎。但就是有一件事害苦了我。因为早晨吃的稀溜溜的粥，中途要小便两次。唯一一条上学路，总是会遇上李保林、李次林、李乐明几个男同学，要小便时，我只能慢慢落在他们后面，然后钻进路边的灌木丛。小便出来后就不好意思跟他们一起走了，好似自己做了见不得人的事。月娥就不管这些，她可以和男同学一直走到学校里。"

"你也太怕丑了，要屙尿也是正常现象。你讲的那几个男伢子，我都认得。"

此生最感谢妈妈的，莫过于家里那么苦，还让我读书。赔三、田四稍微大些，妈妈便说她一个人能搞得定了，让我出去考学校，说只要考得上就让我去读。要是把我留在身边，她会轻松许多。当时我心里好矛盾，我走了，所有担子要让妈妈一人挑，一双解放脚不能下水田又能赚到多少工分呢？靠一双手为别人缝缝补补，赚来一家人的温饱。除了繁重，还要被人歧视。两个声音在我脑海里打架——"不要考取，不要考取"，那我就理所当然不能读书了；但我又多么想考取啊，那我又可以读书了。

"妈妈，还记得吗？第一次去县城上学，你送我到白山坳，走了整整十里路，你走到一个山坡上停住了，站在一棵松树下目送我，我走几步便回头看看你还在不在坡上，你的身影越来越小，直到看不见了，我才哭着朝学校走去。"

到了学校，报名时居然没带录取通知书，我赶紧写信回去，妈妈很快寄来了录取通知书，连带一封信，有句话我一直记着："之骅，做事胆要大，心要细。"

"妈妈，因为要读书，我总觉得自己亏欠了家里亏欠了你……"

"儿啊，苦了你，是家里亏欠了你。你吃苦读了书还是好，总比早早结婚拖儿带女做个农妇要强。一个女伢子，不读书就只有结婚生孩子一条路，生活不能独立……我和你爸爸结婚，一到南京，我就去了南京女子中学读书。一早起来，各人一个鸡蛋两片面包一杯开水，吃完，你爸爸去上班我去读书，那是段最幸福的日子……"

## 十五

"南京女子中学的学生都是有钱人的女儿或者军官太太。我有四个最最要好的同学：一个是军官太太；一个是绸缎铺老板的女儿，她有各式各样好看的旗袍；一个的父亲是当蛮大的官的；还有个叫李珍珠，身材好，对人也好。我和李珍珠最好，只可惜她的嘴巴几乎没有嘴唇，白白的牙齿都露出来了。

"珍珠十八岁那年，经人做媒，说了一个军官，相亲那天，特意要我去了，还让她姐姐带了个不满一岁的小男孩来了。她家里很气派，父亲和蔼可亲。不知谁想的办法，让珍珠嘴里含一朵花，和我坐在一起，逗着小男孩玩。相亲的军官来了，是一个营长，北方人，高大挺拔，长相不错，对珍珠父亲礼貌有加。媒人跟营长说就是嘴里含了花的那个。我还记得营长多次偷偷看珍珠，而珍珠呢，就是一副害羞的样子，十分可爱。

"营长看中了珍珠，他没想到的是中间有这么一个陷阱，沉浸在幸福之中，很快就准备操办婚事，请帖都发下去了，女方的彩礼也相当可观。直到婚礼上，他才发现了新娘的嘴巴有问题，这营长硬是不肯结婚了，双方搞得很不愉快，这婚硬是没结成。珍珠的父亲一点也没怪营长，他根本不知道女儿耍了这个心眼。估计是珍珠的妈妈出的主意，可是这面子还是丢大了。"

妈妈对她的中学生活十分留恋,多年后还能说出四个同窗好友的名字。

"中学还没毕业,我就怀孕了,硬是穿着大大的衣服把个初中读完了,好险。"

## 十六

"你还记得吗?你读完小时,一次下午请假回来和我去福姊家碾米。我和你忽悠忽悠抬着六十斤谷,走在去福姊家的山路上。你看上去特别高兴,因为每次碾完米总会煮餐白米饭吃。那天你又捡了石灰泥鳅。那时怎么觉得石灰泥鳅那么好吃呢?现在看都不想看了。"

那时的农民实在苦,起早贪黑的做个不停。能吃饱肚子已经很不错了。那时又没有化肥,唯一的肥料就是买点石灰撒在田里。撒石灰的时候远远就能看得到一层白雾飘向天空,我便会朝那个飘着白雾的方向跑去——去捡石灰泥鳅。石灰刚下在田里,田里的水会变得滚烫,泥鳅、黄鳝吃不消,纷纷从泥巴里钻出来,蹦几蹦就死了，原本带点金黄色的肚皮很快就变成了灰白色。小孩子们便如捡拾一根根小棍子般捡石灰泥鳅。

我每次都比别人捡得多。水烫脚不能踩到田里的时候，我绕着田边走，总有泥鳅蹦到田边来，我赶紧拾起。别的小孩都坐在一起玩，等水冷了大家才下到田里去捡。小小年纪，能比别人多捡几条石灰泥鳅都很得意。回到家里，洗净，再用把旧剪刀剪开肚皮，洗净肠子。有油就更好，放点油煎煎，再加上辣椒炒熟，便成了一道美食。要是再有白米饭，那真是一种享受。

妈妈总是边吃边说：“石灰泥鳅好吃，下饭。”

"妈妈，你还记得吗？如今还想吃石灰泥鳅吗？"

"记得，这些事还能不记得？"

## 十七

福婶家出门有三条路通往其他屋场。有一次从福婶家出来，也许是心里太高兴，我们走错了路，走到一个山坡上，坡上灌木麻密，山中有几条小路，我和妈妈试着走每一条路，转来转去还是走回了原地。妈妈说不怕，有两个人，总能走回家的。可是由着我们怎么走，总也走不出这座小山，从金色夕阳漫天走到灌木染上了晚霞，又到天上出现了麻麻密密的星星。山坡成了一个神出鬼没的影子。

妈妈一拍脑门："之骅，我们碰到山路鬼了，就不让我们走出这座山。听人讲，要找棵大树，要不满十五岁的男孩对着树身用力跺三下脚，再对着树身撒泡尿才行。我不管，你和男孩子一样行，你就对着我们面前这棵大树去重重地跺三下脚，撒泡尿，鬼就吓跑了。否则我们要走到天亮啊！"

看得出妈妈有些着急了。我按她说的去做，妈妈在一旁说："山路鬼，你快走，不要害我们，我们要回家。"

做完这一切，我和妈妈劲抖抖地抬着米，很有信心地随便走上一条路，没多久我们就走到家了。爸爸带着赔三、田四坐在门边等，一见面就问："怎么这么晚才回来？"妈妈笑着说："遇上山路鬼了，总在山上转，就是不得到屋。以前听人家说过，还不相信，今天我们真碰到了。"

"妈妈，现在回想起来，这到底是怎么一回事？福婶到我家充其量三里来路，走过无数次。出门时也应该没走错，是一条走熟了的路，是要经过一个小山坡，怎么就走不出这个小山坡呢。"

## 十八

因为要读书，我总觉得自己亏欠了家里，亏欠了妈妈。我从来没上过体育课和自习课，都是请假回家做事。走进家里，放下书包，脱下唯一一身能上学穿的衣服，不是去上山搞柴火就是去挖土，直到星月闪烁时才进屋。

"妈妈，一次我翻红薯藤回家已经很晚了，满天星星，我在塘里洗干净手脚，从石板上一伸腰，正看见郑二顺的老婆站在她生病时常站的屋檐下晒太阳，身体紧靠墙壁，肿得如大腿粗的左胳膊直直地垂着。样子如此逼真，可我知道二顺婶几个月前就死了。呀！那一刻，我三魂七魄都快吓掉一半，我不敢看，低着头，大气都不敢出。但我要回家呀！等我再抬起头来，二顺婶已经不见了。后来我和大家讲起这件事，别人说这是生魂，只有十五岁以下的小孩才能看到。只有哥哥说：'没有什么生魂，是曾经看多了，印象太深，总觉得二顺婶还站在那里。'总之，从那次起，天黑了我再不敢去禾坪里，也不敢一个人去关大门。几十年后我回家，依然心有余悸，怕又会看到她。"

妈妈说："二顺婶的死也害苦了我们。我们一墙之隔，她的棺材用两条长凳搁着，放在她那边堂屋里。出殡看日子，非要七天以后才能出殡。天气奇热，遗体在棺材里腐烂了，那尸水就从棺材的缝隙中流到地上，那尸臭真是无法形容。村里人担来很多生石灰，倒在棺材的周围。出殡那天，抬棺材的人都拿条毛巾绑着嘴巴。抬着的棺材从我们禾坪前面那条路经过，尸水就从棺材里流出来洒了一路，臭不可闻。那日有人牵头牛经过那条路，牛就是不肯走，怎么打它都纹丝不动。你看，连牛都怕闻这臭气。我关着所有的门,臭气还会从门缝中钻进来。

"那日,你哥哥偏偏迟迟没回,天色暗下来了,我把自己关在家里,在各个房间走来走去,走到哪儿也逃脱不了那臭气。

"终于你哥哥回来了,我讲了二顺婶出殡的事,你哥哥叹息一声,脸色阴沉,显得很痛苦。随即拿条毛巾绑着鼻子嘴巴,捎把锄头,挑担畚箕,去挖路上的泥巴,把路上的泥巴挖掉厚厚一层,又担些沙子铺在路上,回到家里把门通通敞开,才去洗手。这手洗得真久啊,我给他泡的豆子芝麻茶都凉了……有你哥哥在,我什么都不怕。"

## 十九

妈妈骨折卧床后,哥哥总是坐在客厅守护。从前的同事或学生,以及街坊邻居来看望,要是妈妈睡着了,哥哥就陪人家聊聊天,或婉言拒绝探望。

一日，哥哥好友的女儿红莲来看妈妈，她五十多岁，一直和我们有来往。妈妈正好醒着，欢喜地和红莲聊天，轻言细语问遍了红莲家里人健康和生活方面的事。末了，红莲说："我们来帮娭毑抹个澡吧。"我扶妈妈靠在我身上，红莲轻轻柔柔帮妈妈抹好了澡，她的熟练程度不亚于一个专业护理人员。这让我刮目相看。让妈妈回到床上躺平的时候，红莲一下就抱起了妈妈放好。我一惊，红莲力气好大。红莲随后将妈妈的腿放放好，一边问："这样可以吗？这样可以吗？"最后，轻轻地将妈妈的头发抿在耳后，一切都是那样驾轻就熟，我自愧不如。

我问："红莲，你怎么这样会做事？"

红莲说："我妈妈跌断腿卧床一年多，一直是我照顾。"

"你妈妈好福气。我隔得远，没怎么照顾过我妈妈。"

不知该怎样来表达我的愧疚。我说："妈妈，我抱抱你吧。"妈妈笑。我要哥哥进来帮我，我靠墙坐着，哥哥努力托着妈妈放在我怀里。

"妈妈,这样抱着,你会好受点吧?免得一直躺卧。躺得时间长了,背部会发烫。抱着你若能觉得好受点,我可以和哥哥轮流抱你。"

宽弟此时走进来,妈妈说:"正好你们都到齐了,我有话和你们讲。我这次好是好不了,长期躺在床上挨疼,我宁愿早点解脱,我死了,你们不要伤心。八十九岁的人也该走了。我死后,不要打铳,爆竹都少放,我怕吵,更不要放流行歌曲,什么'夫妻双双把家还'之类的。只请个和尚帮我念三天经,超度我的亡灵。

"不晓得人死了,到底有不有灵魂,我想有灵魂就好,我可以晚上偷偷回家看看你们,几十年和你们相依为命,说走就走了,多少还是有点依恋和牵挂。"

"最重要的是,把你们爸爸的骨头挖出来放在瓦坛里,和我埋在一起,你们的爸爸是个好人……"

那一刻,我如鲠在喉,热泪如瀑布。

妈妈则如释重负,沉沉睡去。

深夜,哥哥和宽弟进来了,看见妈妈睡得安详,我们三人走到了楼下禾坪里，左边高大的樟树枝丫刺向泛蓝的天空，月光从树叶中漏下来，明晃晃洒满地苍白，一切都像泡在水里。

## 廿

妈妈再次醒来时，我对她说，妈妈我又有件事情讲了。你记得那个端午节捉鱼的事情吗？你对我和哥哥说："你们兄妹去弄点鱼虾回来，算是荤菜也有了。"

我和哥哥提个木桶卷起裤腿就出门了。

因为过节，田垄里没人做工夫，显得特别宁静。嫩绿的禾苗在田间微微晃动。我和哥哥走在坑坑凹凹的田垄里，眼睛从上一丘田的缺口看到下一丘田的水洼，缺口的水汩汩地流着，不紧不慢。只怕走过了上十丘田，连鱼影子都难看到。

哥哥说："走，我们去那边田垄里。"

其中有丘田的水比较深，清亮得如镜子一般，碧绿的禾苗就插在这块大镜子上，整齐有序地排列着。我们朝它上面的那丘田的缺口走去,只见一个圆形的水洼,差不多有一米来宽,好多鱼正在那里上水,张开 O 形的小嘴争先恐后地吸纳新鲜水流。我和哥哥眼睛都看直了。

哥哥说:"看见吗?还有条好大的,只怕有两斤多,我们要捉到那条大的来。"

"哥哥,山重水复疑无路,柳暗花明又一村。"

"你这词用得好。我们还是先来捉那条大鱼吧。"

我们把裤腿卷得高高的,先把缺口堵住,不让水流下来。摩拳擦掌的同时又蹑手蹑脚下到田里,去捉那条大鱼。刚刚捉住,鱼噼啪一声跑掉了。鱼在水里的力量竟然那么巨大。好容易再次抓住,又是噼啪一声跑掉了。

水有一尺来深,又不能踩坏别人的秧苗,捉起来很困难。

因为那条鱼,我和哥哥把整个田里的水都弄浑了,大鱼也不见了,人也累倒了。我和哥哥商量决定捉小鱼,此刻的小鱼被弄得四处逃窜,最终躲在禾苗底下,满以为找到了安全的地方。殊不知给我和哥哥带来了方便，有时一手就能抓到两三条。有的四五寸长，也有的两三寸长。

我们没花多久就捉了半桶小鱼。银灰色的小小背脊在太阳下闪闪发亮。回到家，我们把半桶鱼放在妈妈面前。"怎么捉到这么多鱼啊。"那惊喜的声音至今我都忘记不了。

那个端午节过的真丰盛啊。小鱼煎得酥黄酥黄，再加上几样蔬菜，真的是满桌飘香。

妈妈说："我记得好清楚，为了煎那一碗鱼，我把几天的油都用掉了，心想，不管了，今天是过节。"

"妈妈好记性。"

"以前的事都记得，现在不行，眼面前的事都不记得。"

"日子过得真快，我怎么一下活到八十九岁了。我活了八十九年，怎么还在活，受了那么多苦也还在活。"

万万没想到，这是妈妈和我最后的交谈，如此欢快，如此清晰，如此真切。

## 廿一

后来,妈妈一直沉沉睡着,我根本没想到妈妈开始进入了昏迷状态,满以为妈妈是不怎么疼了,可以好好睡觉了。昨天说话还那么清晰。

忽然听到妈妈轻轻说了一声:"好痛。"我惊喜万分:"妈妈,我给你摸摸。"我不间断地抚摸着妈妈的腿,想安抚她的疼痛。又听到一声:"背上好烧。"我立刻爬上床,扶起妈妈靠着自己,哥哥用大蒲扇不停地扇背。这样做了一阵,妈妈又要睡觉,于是又将妈妈轻轻放下。

第二天天刚亮,我和宽弟同时起来,匍匐在妈妈身边,仔细聆听妈妈的呼吸声,均匀的呼吸声让我们如释重负。

吃过早饭,我和哥哥坐在妈妈身旁,忽然闻到一股臭气。我揭开毛巾毯一看,妈妈正在拉屎,也有尿流出。我高兴得不得了,妈妈几天没拉屎,拉出屎来了,肚子就空了,就会吃饭了。我一边接过哥哥递来的便纸一边笑着对妈妈说:"妈妈,你好没名堂啊,要拉屎也不喊声我,你在考验我吗?这么爱干净的一个人,还拉屎在床上,好羞人呢!"

我不断接过哥哥递过来的纸,哥哥又不断从我手里接过包有大便的纸再丢进垃圾桶。

妈妈没一点动静,我和哥哥从没想到,妈妈是大小便失禁了。回想起来,还真搞不明白怎么会没想到呢。

我看下钟,那天是农历七月初二。此后,任何药物对妈妈来说都是沙上建塔,水底捞月。

初四上午,妈妈忽然睁开眼睛看着我,那眼睛是亮晶晶的,还带着笑意,我大声说:"妈妈,你醒了!我们吃药吧!"妈妈点点头。我怎么这蠢啊!要喂妈妈吃饭呀,不吃饭光吃药怎么吃得消。

吃了止痛药的妈妈又沉沉睡去。这药有让人嗜睡的副作用呀!

当我意识到自己不应该喂药给妈妈吃时,我有种亲手杀死了妈妈的感觉,这是何等的残酷。我号哭不止,我先要喂妈妈吃点食物啊!我痛苦得无法自控。这时哥哥进来了,问清了原因。我说:"当时一心想着吃了止痛药妈妈不痛就好了,没想到先要喂东西给妈妈吃,等我想到时已经迟了,止痛药已经吃下肚了。是我害死了妈妈呀!"

哥哥说:"千万莫这样想,即使你要喂妈妈吃东西,妈妈未必会吃。妈妈这次是病入膏肓了,任何人都回天无术,我们要做好思想准备。"

从农历七月初四这天起,妈妈一直昏睡着,白天我和哥哥寸步不离,晚上我和宽弟守着,等着妈妈醒来,让妈妈睁开眼睛就能看到我们。

妈妈闭着眼睛,右手不停地在空中抓握,也不知妈妈要抓什么?为儿女操劳一世的手,此刻还不愿放下。我轻轻拿起妈妈的手,握在手心里。

妈妈真的大限来临了,死神就躲在近处的角落,不知何时就会要了妈妈的命。我整天眼泪巴巴地看着妈妈,只想妈妈还能醒过来。我内心喊着:"妈妈,妈妈,别这样撇下我们自顾自地走掉!妈妈,我还有好多话要和你讲,我还想再抱抱你,絮叨我们拥有的那些日子。"

到了七月初七下午五点多钟,终于盼到妈妈的声音,那是一种要命的声音,如一个催命鬼在那里催着。妈妈喉咙里的痰呼噜呼噜响着,发出的悲嘶之声,足以令天地动容、鬼神哭泣。这临终前的悲嘶,我们那里的方言叫"车水痰"。看着妈妈痛苦挣扎,我犹如万箭穿心。我握着妈妈的手,一声一声呼唤着妈妈、妈妈!妈妈一下睁大了眼睛,看了一下我们三兄妹,随即闭上眼睛,喉咙的呼噜声也停止了。此刻,妈妈已驾鹤西去。我们面前是妈妈的身体,不知她的灵魂飘向了何方。

哥哥轻轻念叨一句:"生比死更艰难。今生,妈妈完成了。"

我号哭着,一声一声地呼唤着妈妈,阴阳永隔的妈妈。

廿二

替妈妈洗好澡,穿戴整齐,干净的脸上用口红打了点腮红。妈妈如睡着一般。

妈妈缠绵病榻二十六天，于农历七月初七下午五点四十八分走完了她的人生。

妈妈终于被人抬走了。我紧紧跟随着，妈妈被放进水晶棺材里，我趴在水晶棺材边上，看着妈妈的脸，觉得她还会醒来。我已哭不出声，无声的眼泪顺着脸颊流在水晶棺材边沿上。

一个叫张颂兴的发小走了过来，说："之骅，你不能这样趴在这边边上，你不知这里装过多少……不干净。她老人家已经走了，你要节哀，这样总哭下去不行啊。"

我坐直身子，抬起头来，视线仍没离开，我要把妈妈的容颜刻在脑子里，嵌进心里。

灵堂就做在自家宽敞的堂屋里，堂屋外还搭了个棚子。棚子外那棵大樟树，浓密的树冠郁郁如盖，妈妈常坐在树下乘凉，和人聊天。此刻的夜晚，樟树的叶子在风中互相碰撞，似乎在诉说妈妈的故事。

灵堂里放着哀乐。来吊唁的人络绎不绝，吊唁的人对着妈妈的遗像叩三个头，插上三根香，香气袅袅上升，萦绕在灵堂里。挽联是哥哥彻夜不眠为妈妈写下的：

母慈九秩近龄，儿曹花甲古稀。廿余年侍奉堂前，然怎酬劬劳浩渺。恸跪灵前，只觉泪眼蒙眬，旋转天地；

娘尊一鹤晴空，吾等三荆枝树。数十载叨陪鲤对，又何能忘获恩怀。长忆昔时，但求依稀梦里，重诉亲情。

第二天，有个人拿了用白纸剪成的流苏缠在孝棍上，又用竹条做成帽子，竹条上缠着白流苏，还拿了几个麻袋，底部剪了一个洞，能套进头去，他把这些放在我们面前。哥哥看见说："我们不披麻戴孝，妈妈一生爱精致，她不希望我们打扮成这副样子。"来人说："这不行吧。"

哥哥即使在大怒的时候也很少失态，他只看着那人，希望对方尊重自己的意见。那人便把那些东西拿走了。

从堂屋两边一直拉到禾坪两边的电线，挂着一排排一百支光（瓦）的灯泡，使夜晚如同白昼。

晚上，周边的人会自发组织起来唱夜歌，声音高亢嘹亮，一人唱一句，一个接一个地唱，歌声时高时低，时断时续，随口编出的歌词唱尽了妈妈一生的好，直到深夜一两点吃了夜宵才散场。

棚子里的四张麻将桌也没有消停，是为守灵的人准备的。

请来的和尚在妈妈灵前跪跪拜拜，有节奏地敲着木鱼，口中念念有词，为妈妈的亡灵超度。

吃饭时，我眼泪汪汪，咽喉梗塞，拿一只碗盛着饭，边哭边将桌上的好菜夹上三小碗放在妈妈遗像前面的桌子上，心里念叨着："妈妈多吃点，妈妈多吃点。这几个菜是你喜欢吃的。"此刻的妈妈什么都不需要了，菜最终倒掉了。后来别人劝我，以后不用夹这么多菜，倒掉可惜了，只是个意思罢了。

第二天下午用竹片和白纸扎好了奈何桥，傍晚妈妈就要过奈何桥了，这是人从阳间走向阴间的必经之路，妈妈也不能幸免。孝子孝孙的嫡亲们象征性地挑着日常生活用品，如衣服、鞋子、蔬菜等跟着和尚，和尚敲着木鱼，我们走三步单膝跪一下。和尚大声唱着哀歌，其中一声"报母恩呀！报母恩呀！"唱得声音特别大，声声打在我心上，我眼泪涔涔。我相信妈妈一定能顺利通过奈何桥抵达彼岸。

第三天清晨要将妈妈装进木棺材。我伸着头想再贴一下妈妈的脸，想再多看下妈妈，可是侄子把我拉开了："姑妈，不能把眼泪掉在嬷嬷脸上，会对晚辈不好。"我只得哭着站远一点，视线始终没离开妈妈的脸。

棺材盖上了，长而粗的棺材钉每钉一下就像打在我心上，我趴在棺盖上，心在滴血。从此刻起，我和妈妈再无见面的机会了。

"八大金刚"每人脖子上围条白毛巾，一色的新解放鞋。人群中有人喊了一声"起"，"八大金刚"齐用力，将棺材放在门口的汽车上出发。我坐上了另一部车跟随，沿街每经过一户人家，那人家早早有人等着，放一挂长长的鞭炮，孝子立马过去对着放鞭炮的人叩一个头，递上一包烟，直到上了山为止。

妈妈的归宿就在庵子里背后的山上，洞早已挖好，父亲的白骨也挖出来了，白骨上沾着石灰，我对着那堆白骨跪了下去，我椎心泣血，哭诉着几十年来对父亲的想念，诉说着自己没良心，没有保护好爸爸，让爸爸活活饿死。为了读书，爸爸跪在我面前的那一幕重现在我脑子里，我是个罪人，千不该万不该，不该为了读书让自己的父亲跪在自己面前。那一刻，我心里只有那一堆白骨和我心中刻骨的父亲，几十年来我怀念的亲人，这烙印之深只有冥冥苍天才能体会得到。

有人边劝边将我强行扶起，把父亲的那堆白骨捡拾到一个瓦坛里，和妈妈的棺木放在一起，此刻，父母几十年后又团圆了。

棺木放进洞穴，迟迟没有盖上泥土，按风水先生的说法，棺木要下午三点半才能入土为安，几个人连劝带扶硬是把我塞进了车里，说天气太热，怕我中暑。

回到妈妈屋里，没了妈妈的房间，显得十分空荡，又觉得每件东西都有妈妈的影子。我躺在妈妈的床上，想感受妈妈的体温，回想和妈妈耳鬓厮磨的絮叨。泪水像井底冒出的泉水，想忍也忍不住。

## 廿三

安葬好妈妈后,第二天我必须跟随儿女回到南昌自己的家。临行前我去了墓地和妈妈告别。妈妈的坟墓高大,环抱在青山绿树怀抱之中,树叶婆娑,满山馨香,妈妈安睡在其中。

我在墓前跪下。那里睡着的人是我永远不能相见的亲人。妈妈你这一走没了回来,愿你在遥远的国度,不再受苦,不再孤冷,愿你在那边一切安好。但愿妈妈不要忘记我们,我们梦里相见。

动身前,怎么也不见哥哥,车子在楼下等着,我到处寻他,结果在阳台最不显眼的地方发现了哥哥在那里痛哭。我说:"哥哥,我还是跟孩子们回家,留在这里我会受不了。"哥哥泣不成声地点头,跟我到楼下,看着我上车,哥哥追着车子挥着手和我告别。

回到家里,回想和妈妈的种种,我越发伤心,一哭就是半天。想着去年母亲来南昌,我陪她去大女儿家中,走至中途妈妈坐下来歇息的地方,我会停下来,还原那一刻妈妈的样子。想着去菜市场买菜,妈妈拽着我,肉也不肯买,鱼也不肯买,只买了几个茄子,我便径直走到和妈妈买茄子的那个摊位旁,久久停驻回想那一刻的情景。去商场,即使不买鞋,我也会走到卖鞋子的柜台,看到小些的尺码便久久拿在手里,在心里说,这双鞋子妈妈能穿。一次,拿的时间太长,一个姑娘走过来说:"阿姨你要买吗?"我一惊,眼泪汪汪地说:"我想妈妈。"那姑娘愕然,可能以为我脑子有毛病。

时间从夏天到冬天。一日,我帮孙女洗脚,总觉得左边眼睛前有只蚊子飞来飞去,我问孙女:"这么冷的天怎么还有蚊子?"孙女说:"没有呀。"

后来我才知道,是哭多了,眼睛得了飞蚊症。这飞蚊症虽有些讨厌,但我并不恼怒,这是妈妈给我留下的印记。我要留着它。

此刻,我正写着关于妈妈的一切,忽然发现我的飞蚊症不知何时没有了。难道冥冥中妈妈知道我太过想念她,把飞蚊症收回去了?

妈妈,这是我八十多岁重温有关你的往事,写下的无限依依。那是我们曾有过的温暖和记不清的悲凉,是拥有与告别了的一切。

对你的想念深嵌在我心中,回忆联翩而至。我椎心泣血写下我们共同度过的琐碎日子,那些事情让我的童年不无幸福,中年有着牵挂,老年有了回忆。我的人生似乎就是由这些编织而成。即使我到了耄耋之年,妈妈的谈笑、待人接物的方式,妈妈穿梭在每个房间的身影,都历历在目。我愿意把这些记下来,又重新和妈妈走一遍幸福、艰难、相依为命的日子。只是凭我的水平很难描写得淋漓尽致,但努力了也就心安了。

妈妈,很快就要过中秋节了,祝妈妈吉祥,中秋快乐。

# 胞兄

## 一

二〇一八年四月二十九日,照例,和每一天一样,我睁开眼睛就想:"今天我的膝盖能稍微好点吗?可以不让我那么痛不欲生吗?"

几年前,我的膝盖总有疼痛和烧灼感,一次去看病时,一位医生建议:"何不做个微创手术?内窥镜能看到膝盖里的病灶,一做就好了,就不痛了,当天就能下地走路。"她的笃定与轻描淡写让我立刻决定做这个手术。不曾想,术后多年我都陷入了无法解脱的疼痛中,生不如死。后来才知道，以我的年龄和当时膝盖的状况，宜保守治疗而不宜手术。女医生的提议有极大可能是为了创收。我肠子悔青了也没有用，不是什么错犯了都能改过来的。

从那以后，我开始了每天忍受疼痛的生活，疼得常常想到去死掉算了。

但那一天，说来奇怪，除了膝盖疼以外，胸口忽然也剧痛起来，就像有把尖刀插在胸口，锥心地痛。我内心反倒有了高兴，觉得总算有了盼头——也许是心脏病？我真是求之不得。心脏病死得快，这对我来说是件好事情。

就在那天下午，手机上接到侄子短信，说父亲——我一母所生的胞兄——于四月二十九日凌晨一点四十分去世了。

人到了伤心的极限是不会哭的。我没痛哭，而是立刻在家人群里发了一条消息，对孩子们说："以后任何时候再不要提起大舅舅。"

我知道这一天会来临。最后一次去看望哥哥，就已经知道那是最后一次。我在心中对哥哥说:"哥哥,原谅我,我不会来参加你的葬礼。只要没看到你过世,不参加葬礼,我还可以欺骗自己,哥哥没有死,我在湖南还有一个哥哥。"

四月二十九日这一天,接完侄子的电话,我艰难地挪下床,趴在飘窗上仰望外面的天空。天空湛蓝,飘浮着白云,一朵白云忽然停驻在我窗前,恋恋不去。忽然觉得那是哥哥在向我告别。"哥哥你总算解脱了,这会儿你一定在天堂吧。"我对天空说,"老天爷,请善待我哥哥,他是个好人。"

我脑子晕晕乎乎,忽然又觉得哥哥没有死,我没看到他死,他就没有死。我在心里大喊着,我湖南还有个哥哥,我湖南还有个哥哥。这声音当然只有我自己听得到。

那朵云停留了一会儿,渐渐飘移开去,直至无影无踪。

而说出那些话,我感觉尖刀从胸膛抽走了,同时心也被抽走,内心一片空空荡荡。我默然无语地趴在飘窗上，窗台濡湿一片。

## 二

哥哥一九三五年出生于六朝古都南京，我一九四〇年出生于湖南湘阴，我们是同胞兄妹。他死去那天，我感受到的疼痛，就是亲人间的心灵感应吧。

往事历历在目。

冬天，我们靠扒很多松针过冬，那是我们的柴火，煮饭炒菜取暖，都靠松针。一日晚上，躺在床上，听到风呼啸着吹过，就知道明天山上肯定落了一地的松针。那么我和哥哥天不放亮就要起早去扒松针，去晚了就扒不到了。

滴水成冰的早晨，热被窝最让人不舍，可是扒松针要紧，要抢第一时间。我懒洋洋地起床走到堂屋。

哥哥已在那儿了，见我便说："你起来了。我都打算不叫你，我一个人去扒就可以。"

这时同村伙伴甘德新在外面喊哥哥的名字："快起

来，去扒松毛（即松针），落了好厚一层。"哥哥打开大门，甘德新缩着脖子，双手交叉伸进袖筒，腰里系根绳子，把个旧棉袄系得紧紧的。那样子像个小老头。

哥哥挑起唯一的装松毛的竹夹子，再次叫我别去了，他说："天太冷了。"

我说我要去，起都起来了。"一扒松毛就热乎了。"我准备去挑箩筐，哥哥说："我帮你挑箩筐。松毛滑溜溜的，你空着手不要跌倒就很厉害了。"

屋后，群山连绵起伏，遍地黄黄的松针，如一层厚厚的地毯。

清晨的风很是刺骨，如潮水般四处荡漾。灰色的天空，太阳也怕冷，迟迟不出来。

那天一早晨我们扒了几担松针。大部分都是哥哥挑着，到家门口才让我挑，这样妈妈会以为我挑的都是我扒的，会夸奖我，而我小小的心灵会因为夸奖而高兴。

三

　　看着甘德新冷得缩脖子的样子，我忽然想起一件事。有年冬天，哥哥寒假回来，妈妈给他做了件新棉袄，让他返校时带去。哥哥高高兴兴带走棉袄，回到学校放在衣箱里。几天后当哥哥去拿棉袄时，它已不翼而飞。

　　那年冬天特别冷，滴水成冰。哥哥没在信中说起棉袄被偷的事，知道家里困难，怕增加妈妈的负担。等再次放假回家才把这事告诉妈妈。妈妈边哭边责怪，怪哥哥怎么不写信告诉她，她总会想法子再做件棉衣寄去。

　　哥哥说："我一个星期都焐在被子里没去上课，饭都是同学给买的，也没生病。妈妈放心好了。"

　　妈妈又立马买来布和棉花给哥哥做了件新的穿去。

　　看着甘德新的模样，我悄悄对哥哥说："你那次冻得像不像甘德新？缩着脖子，系根绳子。"

　　哥哥笑："没有没有，依然打得起精神。"

　　棉袄事件的第二年，夏天的一个晚上，全家人正在乘凉，忽然一个黑黑胖胖的青年走来，圆圆的脸上一双小小的眼睛，对着妈妈很有礼貌地问："这是杨自衡同学家里吗？"妈妈说："是，你有什么事吗？"

"我是杨自衡的同学吴自强，住在七里冲，离这儿只有六七里路。杨自衡的钱用完了，让我帮他带点钱去。"

妈妈略微疑惑："上个月才拿钱没多久，怎么就冇得钱，自衡从不乱用钱的呀！家里只有三块钱，请你帮我带给他。正好他妹妹捞了一碗小米虾，炒好让你一并带去。"

炒好的小虾用一条白净手巾兜着，连同三块钱一起递给吴自强，妈妈说："辛苦你了。"

那青年把钱放进口袋，提着一碗炒熟的小米虾告辞走了。妈妈对父亲说："该不是个骗子吧？我没听说这方圆六七里有个叫七里冲的屋场。"

爸爸说："不会是骗子。骗子要骗有钱的，我们这种穷人能骗到什么？"

"那倒也是……"

哥哥一放假回来，妈妈就问及此事。哥哥说："我班上没有这样一个同学。没有吴自强，也没有七里冲。以后不管什么人用这种方式来要钱，妈妈一概不要理。我的钱总是够用的。"

"还不是让你那件棉袄的事吓怕了，那么冷的天也不告诉我被偷了，否则我总能想办法再做件寄给你。不知你冻成什么样子，怎样熬过来的。"

## 四

我需要抱着田四牵着赔三那段岁月，是我们一家最艰难的日子。妈妈为了挣得一日三餐，除了教书还要替人做针线活。哥哥在外教书，每周回家一次，星期六傍晚我带着弟弟们在路上迎哥哥回家，小小的心里有种绝处逢生的感觉，跃动着隐隐的幸福和欢乐。

哥哥一见到我们，会立马从我手中接过田四，我身上霎时一轻，牵着赔三蹦跳在哥哥身旁，一路回家。到家了，哥哥会从口袋里拿出一两本旧图书出来。一直到田四五岁了,哥哥都有这个习惯,我还记得其中一本叫《小金马和蓝鸟》。

一日哥哥回来,把我们三个叫到面前:"你们想看魔术吗?我变个魔术你们看。"

三个小脑袋挤在一起,生怕错过那一瞬间的魔法。

哥哥从口袋里掏出一方蓝格子手帕,抖了又抖:"你们看清啊,手帕里有东西吗?"

"没有。"

三个人就像小学生回答问题一样,异口同声。

哥哥拿出一根火柴棍,放在手帕里,一边说:"看清呀。"再把火柴棍包在手帕里,要我们把火柴棍子折断。我们把火柴棍子折断了。哥哥拿起手帕,口中念念有词,然后把手帕打开——火柴棍子完好无损。

我们三个佩服得五体投地,再次异口同声:"哥哥好厉害哦,会变魔术!"

我们缠着哥哥再变一次魔术。一连变了三次,都没能看穿秘密。又要求再做时,哥哥说:"不能做了,再做就不灵了。"

后来哥哥把这个戏法的秘密告诉我了,他想的是我可以用这个把戏领着弟弟们多玩几次。结果赔三、田四生气了,说哥哥偏心。被逼不过,我只好说出这个秘密,也把哥哥的用意告诉他们,两个弟弟才不生气了。

## 五

暑假,哥哥在县里开会回来,给自己买了一身布料,一块藏青色灯芯绒的和一块蓝色的裤料。灯芯绒布料,我拿在手上,都不知哪是正面哪是反面。蓝色布料上有些麻麻点点,打破了沉闷,很是好看。哥哥拿着两块布料不知如何向妈妈开口——家里这么困难,还去买布做新衣。

哥哥提着书包跟着妈妈走进厨房,没开口;又跟着妈妈到了堂屋,还在犹豫。我轻轻对他说:"不怕,只管讲,顶多挨几句骂。"

哥哥走到妈妈面前,怯怯地说:"妈妈,我扯了两块布,想做身衣服。以后会有很多人听公开课,县里都会来老师,我要有身像样的衣服。"

妈妈看见布料,眼睛一亮:"这布真好看。只是家里连饭都吃不饱,你还去做新衣。"

哥哥低下头:"买好后,我又后悔了,不该买的。"

我赶紧走过去:"妈妈,不要怪哥哥,哥哥的工资除了吃点饭全部拿回家了,哥哥平时穿得实在太寒碜了,让他高高兴兴做身新衣穿吧。"

"就你会疼哥哥,我不疼哥哥。这布我不敢做,没有缝纫机,手工做出来的不好看。明天我带你去找黄裁缝做。"

哥哥说:"还是妈妈做吧。请人做又要手工钱。"

"那不行,这么好的布,做出来不如意太可惜了。我替别人做两身衣就赚到了工钱。"

黄裁缝远近闻名,衣服做得好,人也长得白净斯文,像个读书人。

第二天,妈妈带着哥哥走向了一条宽阔的大路,这大路通往铜盆,二十里路,黄裁缝就住在这镇上。

黄裁缝正在堂屋的门板上裁衣服,打过招呼,妈妈说:"黄先生,请你帮我崽做身衣服。"说着从书包里拿出布放在门板上。

黄裁缝摸着灯芯绒说:"咯是(这是)么哩(什么)布?冇看过。只怕做不好。"

"这叫灯芯绒,是我崽在县里扯回来的。"

黄裁缝又摸着布说:"真像灯芯,一条一条,还有绒绒子。到底何边(哪边)是里子何边是面子?不要做错了。"

"有条条子的是面子。你只管做,做仔细点,莫怕。"

"做么哩样子的?"

妈妈转向哥哥:"你画个式样给黄先生吧,他好照样做。"

哥哥便在一张纸上画了一套衣服的样子:"黄先生,我画好了,请你看看,立领,三个口袋。上面左边一个小口袋,下面两个口袋,要有盖子。裤子两边两个口袋,屁股上一个口袋要带盖子。麻烦你了。"

"这身衣服好难做啊,从来冇做过。"

妈妈说:"黄先生好谦虚啊,哪有你做不好的衣服。多少工钱呢?"

"四块钱。"

"四块就四块。今天带我崽来,也是带他来认认路,认认黄先生,下次做衣服我崽一个人来找你。"

母子俩高高兴兴往回走。路上,哥哥说:"妈妈,你今天完全可以不陪我来的,我一个大人还能找不到黄裁缝?害你来回走了四十里路。"

"还不是怕黄裁缝欺生,要是万一没做好真可惜了。难得做身新衣。你又不会像我讲那么多话。"

## 六

哥哥在杨家祠堂教书时不满十九岁,挣到的工资除了吃饭全部负担家里。妈妈经常挂在嘴边讲的话:"不是哥哥,我们一家人早饿死了。"

一次,家里又没一粒米了。妈妈对我说:"你去哥哥那里吧,看能不能拿到块把钱买几斤米回来。"

春寒料峭，雨后天刚晴，泥深路烂。没有雨鞋，我只有一双木屐，要走二十里路真不容易。

乡下的路，雨水一冲，路面就沟壑纵横，坑洼遍地。太阳光洒在我身上，身上热乎起来了。感觉到脸上燃起了红晕，我带着一股稚气的倔强直奔哥哥学校。

哥哥看到我，大吃一惊："你怎么来了？快坐，快坐。穿双木屐可不好走路啊，累到了吧？"

"妈妈要我来看看你。"

"妈妈也真是，下个星期我就回去了。"

哥哥夹着书要去上课，嘱咐我等他回来。但他刚离开便又慌慌张张地回来了，匆匆地把床头被子抿抿好，再把枕头放正一点。

我立刻意识到被子下有秘密。等哥哥走了，把被子掀起来，发现下面压着几封信。拿出来一看，六封是女学生的，两封是女老师的，写的都是对哥哥的爱慕之心。我心跳加快，自知不应该偷看哥哥的信，还是忍不住好奇心看了。我特别为哥哥高兴，他被这么多人喜欢，可真好。只有那封装钱和粮票的信封里面，仅存两块钱和两斤粮票,让我内心一寒。

中午,哥哥硬要留我吃午饭,我们坐在食堂靠窗边的桌子,哥哥又问我:"真的是妈妈要你来看看我,没别的事?"

"真的没别的事。"我的眼睛看着哥哥,脸不红心不跳,心想,我这谎撒得真像。

可是,我又怎么能夺走他仅剩的两块钱和两斤粮票?那是他一直要用到下个月发薪水日的。

正准备吃饭,来了一个女老师坐过来,一看她神情就知道喜欢哥哥。她看着我对哥哥说:"你妹妹长得真好看。"

哥哥笑笑。

走时哥哥拿了一些旧报纸给我,交代我到路口那个废品店卖掉报纸,买几个糖吃吃。我把那报纸卖掉,买了一斤四两米回家。我把偷看信的事告诉妈妈了,妈妈说:"哥哥生了一副好相貌,就是命苦,没生到好人家。那么会读书,又送不起。"在后来的数十年里,妈妈经常念叨这几句话。

## 七

一九六〇年,我就读的工业学校解散。预料到回乡没有生路,我身上揣了三块钱,搭火车到了江西宜春,想找个工作赚钱,帮助送弟弟赔三和田四读书,又或者自己还能找到读书的机会。回想起来真是初生牛犊不怕虎。

在江西铜鼓,真的找到了读书的机会,那里有个共产主义劳动大学分校,我进去读师范班,一年就可以毕业,然后可以当上中学老师。当时我快乐的心情无以言表。

可是在一次填表时,我老老实实填了父亲的旧官吏身份,结果毕业在即,我却被下放农村。

我在当地举目无亲。其时,妈妈已带着两个弟弟流落到湖北,哥哥住在学校,我也无家可归。为给自己寻条生路,我飞快地成为人妻。那段时间是我最痛苦和无助的日子。我用书信告知哥哥我的情况,每次都从他那儿得到开导。

其时哥哥自身的处境也非常糟糕。长于画画的他被校宣传队选中，让他在黑板报上画主席画像。像画好，宣传队长说嘴巴画得太大，要求他改小一点。哥哥说嘴巴画小了改大还行，若画大了改小，会越改越糟。

两人犟着，哥哥执意不肯从命，因他知道改不好。队长很恼怒，即刻宣布他为歪曲领袖形象的现行反革命分子。转眼间哥哥成为批斗对象。虽然没有坐牢，但被开除出教师队伍，回乡劳动改造——直至四年后平反，再次回到中学教书。

彼此相隔千里，又在那种特殊情况下，他无力帮助我。但在情感上，他始终是我的有力支撑。

知道我结婚了，哥哥专程来看望我。丈夫在县医院工作，我一个人住在樟树生产队。我没有找到工作，但不想当寄生虫，即便务农也想自食其力。我用丈夫平时给我的一点零用钱买了五十斤白萝卜，晒成萝卜丝给哥哥带回去。哥哥对家中境况只字未提，我也没将我的无助孤苦告诉哥哥。三天后，萝卜丝晒干了，哥哥就回去了。

他走后,在丈夫的两张照片后面,我看到他留下的笔迹:

　　　　临行赠水根弟

　　素昧平生者,相见倍相亲,

　　谈心常促膝,论事语惊人。

　　喜偕琴瑟乐,还添手足情,

　　囊中锥必现,拭目俟凌云。


　　　　铜鼓纪行

　　迭迭千峰翠,潺潺万壑喧,

　　云洞飞素绢,谷底舞青蛇。

　　思源存旧舍,继往辟新园,

　　当年先烈血,今日舜尧天。

　　　　　　　　　　　　　子恒
　　　　　　　　　　　　　元月二十九日

斯人已去，这些诗何其珍贵。

## 八

后来，哥哥终于平反了，补发了四百八十块钱工资，他立刻寄了一百五十元给我。信中和我商量，问是否愿去学做衣服，有门手艺也能自食其力。二十世纪六十年代的一百五十元不是一笔小数目，我买了一部最好的蝴蝶牌缝纫机。但我不想学裁缝，小时候帮妈妈替人缝缝补补，做伤了。有了缝纫机也只做全家人的衣服。

几十年后，缝纫机还在，膝盖动手术之前，我一直还踩这部缝纫机。

当年搭火车从湖南跑到江西，足足又过了十四年我才第一次回乡探亲——那时候把钱花在旅途上是太过奢侈的行为。

即便这第一次带着三个孩子回乡，也不曾花钱买车票，搭乘的是我单位上一辆有篷的货车。货车司机是个转业军人，也姓杨，住在我隔壁，我经常帮他收晒衣服，缝缝补补，年轻小伙子视我如姐姐。

车厢里装的是毛竹。他并不去汨罗，是利用出车顺路送我们到汨罗。我们晚上就出发了。三个孩子躺在车厢里，我坐在副驾驶位上，内心十分激动。我恨不得飞回汨罗，立马看到我阔别十四年的家与亲人。我时不时摇下窗子看外面，天际挂着一轮明月，偶尔也有片片乌云在天际浮游着，黝黑的树木静默地站立在山路两边。

我的内心幸福和欢乐着。回家，终于能回家了。这是十四年来第一次回家呀！

深夜十二点多到家了，孩子们个个精神抖擞，跟着我第一次回外婆家。妈妈、哥哥和宽弟都没睡，齐齐地站在禾坪里看着我归来的路。那是我童年与少年时每天奔跑过的路。

一切都改变了，房子是用哥哥平反的钱新盖的。唯有门前老樟树，历尽磨劫，老干龙钟，仍枝叶葱茏。

正是月色最浓的时刻，大门敞开，月光如水银泻地，照得房间什物一览无遗。我看着这既熟悉又陌生的地方，眼泪簌簌滚落下来。

哥哥走过来，拍拍我的肩膀："莫哭莫哭，带着孩子们回家了，这是天大的喜事。我们要尽量客气地陪小杨吃餐饭，再让他好好睡一觉，明天他还要开车呢。"

饭毕，哥哥打好一桶热水叫小杨洗澡。小杨洗完澡，哥哥领他走到禾坪里，说："小杨，今晚要委屈你睡这里，屋里实在太热了，如蒸笼一般。你得休息好，这样明天才有精神开车。"

也不知什么时候，哥哥在樟树下摆了张大竹床，四根小竹棍绑在竹床的四个脚上，一顶干净的白蚊帐挂在竹竿上，竹床上摆放着枕头和干净的床单。"你就睡在这里面，不用怕，我保证你的人身安全。"哥哥又指着旁边的门板说，"我睡这里陪着你。"

小杨说："那不行，没蚊帐会有蚊子。我当过兵，不怕蚊子。"

"小杨，真不用客气，让你睡这里已经很委屈你了。屋里太热了，怕你睡不好才出此下策呢。快睡，很快就要天亮了。"

次日，小杨神清气爽，说睡了个好觉，多久没有这种享受了。一点都不热，夜里有凉风，真是舒服极了。

吃罢早饭，全家将小杨送至车旁，直看着他风驰电掣地开车走了，我们才返回家。

## 九

第一次探亲，那五天时间像从指缝里溜走。返程时我们得先去长沙，到那里搭车回铜鼓。每天只有一班车，早晨四点便得开始排队才能买上票。哥哥决定带着我们四个在长沙住一晚。

住饭店那是天方夜谭。哥哥带了一床草席子，提着我们的黄色行李包，里面装着我们的换洗衣服。

很多人都在车站门口地上铺着草席睡。哥哥说："我们不睡这里，太吵也太亮了，另找地方去。"我们跟着哥哥找到公路边一棵大树下，哥哥把石头捡开，把草席抹抹平，说："可以睡觉了。放心睡，我会做好你们的保卫工作。"

黑夜温柔地降临了,哥哥催促我们快睡,说明天还要坐六七个小时的车。他拿出一把折扇,坐在我们旁边轻轻地赶着蚊子。

有哥哥在,心里很踏实。很快我就进入了梦乡。下半夜我一觉醒来,浓浓的夜色包裹住路灯的光亮,公路上空落寂寥,两边的杨树被风吹动着,飒飒作响,我似乎在梦中。

我爬起来,硬要替换哥哥这个守护神,让他睡一会儿。我霸蛮去推开哥哥,但哥哥重得像无法推开的山。"你快睡。四点钟我就排队去买票了,等你们上车走了,我就回去睡觉,不要操心我。"他说。

我内心暖暖的。

四点,哥哥轻轻推醒我,小声说他买票去了。

夏天的四点,天开始蒙蒙亮,我仿佛从梦中醒来。早起的人们偶尔从我身边经过,骑车的、步行的、领着孩子的,一股熟悉的气息扑面而来。

我呆呆地看着视线前方,天和地是灰色的。远处有了炊烟缭绕。迷蒙的曙光下面,是芸芸众生的一块天地。

哥哥顺利地买好了票，又买了包子，我们就坐在树下的草席上吃包子。

之后我带着三个孩子坐上了班车，哥哥站在车旁看着我们。车开动了，哥哥冲我们挥手作别。

十

从第一次返乡之后，我回去就频繁多了。

每次返程依然是哥哥送我到长沙。一次在汨罗到长沙的上车站点，停着的是一辆货车，从车上下来一个工作人员，对着一群等车的人一个劲地说："对不起了各位，班车修了一晚硬是没修好，急需要去长沙的，只能坐货车去。"那人的话一讲完，大家争先恐后地开始爬车厢。哥哥用眼神征求我的意见，我说："哥哥，不怕，我们也上去，个把小时的路程怕么里。"

总算挤挤挨挨地上完了。车厢里站的站坐的坐，我和哥哥靠边站着，妈妈给我的两百个土鸡蛋用纸箱子装着，放在我和哥哥之间。

中途一个女人晕车，用手使劲捂着嘴巴往外面挤，可是她没忍得住，噗的一声，一口菜饭毫不客气地吐在我们的黄色旅行包上。女人顾不得那么多，使劲往外面挤，已经走到车厢后面放心去呕吐了。哥哥掏出一条洁净的毛巾，用毛巾把呕吐物抹干净，再把毛巾包起来塞进随身的袋子中。

终于到长沙了，我们长长地舒了一口气。哥哥把包裹着呕吐物的毛巾拿出来，找了个垃圾箱扔掉了。我心中想，我的哥哥是个多了不起的人哪。

时间尚早，我们边走边看，看到前面有个小饭馆，我说："哥哥，今天就到这里吃点东西说说话吧。"

小饭馆清爽洁净，靠墙的两边摆着一张张桌椅。我点了一份小鱼炒辣椒、一份茄子炒辣椒，还有两碗米饭。我知道哥哥食量比较大，坚持把我的饭匀一半给哥哥。哥哥夹了一块茄子放进嘴里，慢慢嚼着。我说："是不是味道蛮好？"

"饭店的菜是要好吃些，味道不好就没人来吃呀。"

我说:"味精放得多自然好吃。"

就这么边吃边闲聊。哥哥讲起一件事:"不记得那次是谁请客,和一个叫王细毛的女老师同桌,其中有一碗炒辣椒。这个王老师用筷子不停地在辣椒里翻,还真不知道她要翻么里。

"翻久了,我实在忍不住,说:'王老师,这碗就是净辣椒,你要翻么里东西?'

"王老师说:'我要吃辣椒蒂。'

"我说:'那你去拿双干净筷子来翻,我们全桌人都吃你口水呢。'"

哥哥温良敦厚,但总是有这种书生气十足的时候,所以他说,他当不了官,连个教导主任都当不了。

那些连一篇课文都念不通的人都能当老师,这让他迷茫和痛苦。他怕误人子弟,也受不了误人子弟的老师,但总有这样的人进入学校。他当教导主任,就忍不住要提醒学识不足以教书的人多备备课,于是就免不了得罪人。后来再让他当教导主任,他干脆说:"让我回去种田吧,我有的是力气。"

一面是有关系背景却不学无术的老师青云直上，另一面又有好老师境遇悲惨。哥哥讲起来一个叫吴菊生的老师。

"他是个难得的好老师，为人正派，书教得好，还打得一手好篮球。他就是看不惯那些实在不能教书的人，凭关系到学校来教书。他认为自己是公办老师，没人能对他怎么样，便给领导提意见，说教书本来就是育人，不能误人子弟，又到教育局去反映过几次。心怀叵测的人说他是告状专业户。好多同事开始疏远他，怕惹火烧身。吴老师成了领导的肉中钉、眼中刺……

"欲加之罪，何患无辞。吴老师班上有个女学生，那年女孩父母遭遇车祸，双双离世，女孩跟着六十多岁的爷爷过。女孩懂事，会读书，成绩好，长相可人。十三岁就每天做饭、洗衣，包揽所有家务，但她喜欢读书，没有放弃上学。吴老师看到女孩用的铅笔短得手都捏不住了，给她买过几次铅笔和本子，也拿过几块钱给她买点油盐。吴老师怜悯她，想帮助她。

"做这些事吴老师并没避着人，领导自然晓得。为了开除吴老师,那些人便在这些事上大做文章,说吴老师有生活作风问题,对女学生有非分之想,又散布他动手动脚、猥亵女孩等等言辞。全校老师签名保他,连女孩爷爷也出了面,但吴老师还是被开除了。

"这个事情达到了杀一儆百的目的,后来还有谁敢作声?从此以后,我也是两耳不闻窗外事,一心只教我的书。"

哥哥说到那位吴老师的下落,说他当时有位未婚妻,未婚妻提出了分手,理由是吴老师有些蠢。几年后吴老师抑郁而死,终年仅三十岁。

## 十一

宽弟小名赔三,是爸爸起的,因为老三夕莹的死,妈妈悲伤不已动了胎气,宽弟提早来到人世。

宽弟记忆力惊人,读初中时每天到县城新华书店看书,什么杂七杂八的书都看,看了就记得。考高中考了全县第一名。然而因为爸爸的旧官吏出身,宽弟失去了升高中的机会。

自从宽弟没书读了,走路时他的脑袋就没抬起过,脚在地上拖,心灰意懒,好似变了个人。在家里对着哥哥,他经常把郁积的情绪发泄出来,甚至歇斯底里。哥哥不恨他,只是可怜他,也不知怎样劝导他。而哥哥自己,只剩下一副悲伤挫败的模样,却毫无怒容。

我每次回家,哥哥有很多话和我讲,叙述家中的一切。我是他唯一能倾诉的人。他说宽弟在外人面前一副不在乎的样子,谈笑风生。别人提起他不读书太可惜了,宽弟总是答:"不读书要么里紧,你们不是也没读书吗?怎样都是过。"

但一回到家里,宽弟就像变了个人,不讲道理地闹腾,让哥哥不知如何应对。看他那模样,哥哥心里颤抖,生怕他精神出毛病。他自己悲凉的心里也有千言万语,又要向谁倾诉呢?他还要去安慰妈妈。他经常在菜地里磨蹭着,有意躲避和宽弟的冲突,用意志去驱赶生活的痛苦。

这样的日子持续了十一年。十一年里宽弟内心的煎熬只有他自己知道。哥哥的痛苦也只有他自己忍受。

一九七七年，高考制度恢复，哥哥敦促宽弟报考大学。宽弟考上师范学院，哥哥极其欣慰："这辈子我做得最好的一件事是逼着宽弟考了大学。一个初中生，种了十一年田，还能考取大学，我真为他感到骄傲。"宽弟毕业后，本来分在汨罗市一中，一所重点中学，等去报到时，去向已被别人换掉了。一直以来因为家庭成分，我们一家习惯了蜷缩着做人，那时刚刚没有了成分概念，但我们仍心有余悸，连问都没去教育局问，只接受事实。于是，宽弟到了镇中学当老师。每天都能回家陪伴妈妈，也是件好事。宽弟一回家，书包一放，就去挑水，直到把厨房里的水缸挑满为止。十几年如一日，直到家中打了井。

宽弟与哥哥性情很是不同。哥哥好洁，总是把自己打理得熨帖，宽弟则不修边幅。每次回家，宽弟都要从学校里带回一包肉骨头和米饭，给妈妈养的狗来富吃。来富对宽弟有了特殊的感情，每天下午四点多钟就目光灼灼地坐在路口，等待宽弟归来。一见到宽弟，来富就跳将起来，一双前爪掌亲热地抵在他胸前，于是宽弟衣服前襟就会留下成片的狗脚印。宽弟有时掸掸，有时全然忘记抹掉。

这让哥哥恼火："我说宽弟，你一个老师，站在讲台前，胸前几个狗脚印，学生会做何感想？当个老师，为人师表，最起码衣着要干净整洁。"

宽弟自知理亏，灰溜溜地赶紧去拿毛巾抹衣服。下次回来手里仍是提一包东西，而来富对这包东西的渴望和对宽弟的热爱有增无减，那狗脚印便越来越高，来富恨不得要抱着宽弟的脸来亲。宽弟步步倒退，也无法将来富喝退。而宽弟爱狗爱到极致，宁愿搞脏衣服也不会打狗一下，连喝退的声音都是带笑的："莫爬、莫爬，搞邋遢了衣服我又要挨骂。"

一次回家，看到这一幕，我笑弯了腰。妈妈走过来对我说："亏你还笑得出，我都冇得办法。乡下的路，天晴有灰印，下雨有泥巴印。赔三有时没抹仔细，一旦被哥哥看见了，就大为光火，我真怕他们兄弟俩吵起来。这下你回来就好了，到了下午四点多钟你站到路边去，尽量莫让他们兄弟碰面,要等赔三把身上彻底抹干净了再见哥哥。"

"妈妈呀,我只有几天在家里,这不是长久之计,还是我来做哥哥的思想工作。"

趁着陪哥哥去地里拔草的当儿,我跟他说起这个事情。

"哥哥,我看见你批评宽弟的样子蛮吓人,要是我就会和你吵起来。每次只要你讲宽弟的衣服又脏了,宽弟瞬间低眉顺眼,不声不响就走开去抹衣服。"

"宽弟穿衣服容易脏,还不是苦了妈妈要多洗好多回。除了狗脚印,下雨天,要他卷起裤管,他就胡乱卷几下,还没走几步裤管就掉下来了。又卷又掉下来,又卷又掉下来了。我就是怕别人笑话他呀。之骅,你看急不急人。"

"哥哥,宽弟就是个书呆子,不会料理自己。他有别的优点。你还记得吗,还是我在家时,队长拿着全队的花名册来找宽弟看个什么东西,全队大大小小也有三百来号人,宽弟只看了一遍,就能把全部人名字记个八九不离十。宽弟就是个怪人,莫怪他。"

"不是怪他,是心疼他。如今走路还经常低着头,人一低头走路就显得没精神,你晓得我好急人。还有他宠起那狗来,真是拿他冇办法,一看到来富趴到宽弟身上,我就火冒三丈。"

"哥哥,我也发现了。宽弟他愿意改,一喊他,他就赶紧抬起头。只是一时还改不掉,快十一年的习惯养成了,要改只能慢慢来。你也别太急了。哥哥,这次就去买个双缸洗衣机,衣服洗了可以甩干。狗的动作飞快,除非宽弟手里拿根大棍子打它,但这宽弟是做不到的。就辛苦哥哥用洗衣机多洗几次衣服,也要告诉宽弟自己学会洗。"

兄弟俩的矛盾就这么解决了。

## 十二

我一年回乡两次探望妈妈,返程时哥哥就要两次送我到长沙。那是一次次快乐的短暂旅行。

第一次哥哥送我,妈妈说:"今天你们坐早班车去,兄妹俩有伴,也到长沙玩玩。"

到长沙时间尚早,我们没去玩,坐在车站近处的防护栏上,那铁棍栏杆粗粗矮矮的。初春的暖阳打在我们脸上,热乎乎的。吃了饭,我们就站在车站出口处的屋檐下等车,屋檐前阳光铺了一地,白得灿烂。每开进来一辆车,就扬起一片灰尘,也带来一股热浪。

地上全是等车人扔的橘子皮、花生壳、甘蔗屑,花样百出。那次妈妈给我们带了两个洗净的梨子,我和哥哥慢慢地将梨子皮啃下来,依然放进原本放梨子的那个塑料袋里。吃完梨,哥哥走至门前垃圾箱,将装着梨皮梨核的塑料袋丢进去。一个车站工作人员看见了,对我们说:"你们是兄妹俩吧,这里太热,到办公室里去坐。"

他给了我们两张板凳,我们拿着凳子坐在办公室门口,这样依然能看到进来的每辆车。后来,我们每次都坐在办公室门口等车。

马达一响,我和哥哥眼泪同时夺眶而出。只有一次，临开车前哥哥说要去方便一下。我说："哥哥快点，快要开车了。"

"晓得。"

左等右等，哥哥没有来，马达一响，车子慢慢向前驶去。我到处搜寻哥哥的影子，终于在一个偏僻的棚子旁看见他站在那里，目送车子开走。

哥哥不愿看到我流泪，便只得早早躲开。

## 十三

哥哥工作期间从没动用过公费医疗折子，身体如铁打的一般。

七十岁那年中风一次，起床后发现自己站不稳，口齿不清，立刻叫儿子送自己到医院。因抢救及时，几乎没留下任何后遗症。

可是慢慢地，他双脚无力了。头脑倒是清晰，谈话、写毛笔字、画画、作古体诗都和从前一样。但双脚硬是无力了。我劝他挂拐杖，三只脚总比两只脚稳当。

十分爱体面的哥哥起初还不好意思。但再次回乡探亲，他笑笑地拿根拐棍给我看。那是一根白白的棍子，精致秀气，握手柄上雕了一只活灵活现的小鸟。

我端详着："哥哥，你还蛮会雕啊！我记得有一年你在我那里，用一把小凿子在我搓衣板左上角刻了个太阳，光芒四射，板子下方刻了个小孩牵条牛，脚下还有许多小草。刻得真好。那搓衣板记不得用了多少年，也记不得是怎么遗失的，让我懊恼了好长时间。"

"一点芝麻小事你都记得。"哥哥笑着说。

哥哥在十多年中风康复的日子里，除了增加了一根拐杖，外貌没什么变化，生活能够自理，还能拖地、抹灰、整理衣服。他衣橱里的衣服摆得和书一般平整，床上的被子叠得像豆腐块。他说多年养成的习惯改不了。

## 十四

二〇一七年，哥哥开始坐轮椅了，大部分时间都躺在床上。病魔窥伺于卧榻之侧，死神巡梭于昼夜之间，哥哥仍苦中作乐。那年我由孩子们轮流陪同，回乡探望过他三回。

记得有天晚上，十几个学生来看望他，他仍是一副开心的样子，对学生们说："你们看你们的老师病成这个样子了，有哪位高手能把老师的病治好不？"

又指着一个学生说："贺炳坤，那时你在班上最矮，同学们都喜欢欺负你，老要拿你当马骑。如今长得这么高了，真好！"

一位同学说："杨老师，他现在是贺总，汨罗市鞋楦厂总经理。老师要买鞋子可以找他，保证给你打一折。"

哥哥答："老师不太能走路了，现在有一双鞋都够穿了。一双鞋都只怕穿不烂。"

学生们说："老师，快别这样讲，你会好起来的。"

最后一年，哥哥彻底卧床了，大部分时间是闭目养神，还有就是接听我的电话。到最后半个月不能言语了，这对他是个致命的打击，对我也同样是个巨大打击，我再也听不到哥哥的声音了。每每坐在书桌旁，拿起话筒不能拨，只要想想再不能和哥哥通话，就忍不住崩溃痛哭。

想来想去,决定给哥哥写封信。我把信写得平淡,好像我不再在乎他。

……活人争不过命,到了这份上,你什么都不要留恋,尤其是你的亲人。人是世间的匆匆过客,活着只是短暂一瞬,死才是永恒。对此你早就看开了,还多次在电话里和我讲起。这尘世也无须留恋。只是我因膝盖痛不能再去看你,请你原谅。

哥哥,死亡并不是离别的尽头,而是相逢的契机。我相信有灵魂,当我们在另一个世界相逢时,那会是一场永久的聚会。

信,怎么也写不下去了,只得草草结束。

侄子告诉我,爸爸看信时泪流满面。

## 十五

二〇一八年初,我正打算把膝盖治好回去看望哥哥,阴差阳错的,做了半月板清除术,满怀希望地想象着膝盖不再疼痛的滋味,结果等来的是痛不欲生,任何药都止不住疼。我承受着疼痛与无助,无法再回湖南了。那段时间我只能频繁地和哥哥通电话。

我一直忘不了哥哥的座机号码,多年来我对着这个号码说着甜酸苦辣,哭与笑尽在其中。我时不时坐在书桌旁看着座机发呆,仿佛还能窥见哥哥坐在藤椅上接我电话的样子。冬天穿着黑色羽绒服,夏天穿白色圆领汗衫或一件洗灰了的短袖衬衣。衬衣是很久很久以前,我和他一起在铜鼓百货商店买的,原本是鸭蛋色,几十年后彻底褪色了,他还是要穿。记得买衬衣时,我们俩同时看中了这件。四个年轻售货员看一下我们,在一起窃窃地笑,过一会儿看下我们又窃窃私语,搞得我和哥哥莫名其妙。实在忍不住了,我去问她们:"买这衣服有什么不对吗?"

其中一个说:"不是不是,衣服没问题。他是你哥哥吗?"

"是我哥哥。"

"你哥哥好像个老干部。我们为这事笑。"

哥哥离去三年多了,我经常有意识地去电话本上翻到那个座机号,泪眼蒙眬地看上一阵。曾经这个座机号给我带来多少快乐和慰藉。膝盖刚开始出问题时,我告诉哥哥我的不适,他说:"你准备笔,我送四句话给你。"

**人到老年百病侵,莫愁莫恼莫伤心。**
**寿夭穷通都看破,坦然面对一身轻。**

这首诗我记得滚瓜烂熟,也是鞭策我活下去的动力。

哥哥刚走不久,我还真的自欺欺人拨打过几次那个座机号,总觉得哥哥还在那边等着接我的电话。一阵忙音后,我心如刀绞,热泪涌流。曾记得我每次打电话,听到那边拿起话筒,我叫声"哥哥",哥哥就在电话那头大声回应"之骅"。一声"之骅",顿然有一种温暖传遍全身的感觉。哥哥幽默诙谐,会讲故事,会开导人。和哥哥打电话不用选择时间,想打就打。

有好几次哥哥对我说:"刚才电话响了,我正在下楼,都下到了第三个阶梯,赶紧返回去接,还是没接到。是你打来的吗?"

"哥哥,那个电话不是我打的。即使我打的也无关紧要,打电话就是想和你说说话而已。千万不要怕错过我的电话。你腿脚不利索,自己要当心。"

回想起哥哥的一生,大部分时间是不快活的。十六岁考上了空军没去成,东北重工业招工招上了也没去成。家庭的负担如泰山压顶,他一次次牺牲拥有好前程的机会。

生活中,哥哥有几次差点丢了性命。教书时学校涨大水,他参加青年团员突击队抢险;在家中后院清扫树叶,山体滑坡把他大半身埋在泥巴里;被打成黑帮分子开除出教师队伍,又逢田四在湖北淹死,消息传来后哥哥硬是不想活了,幸亏有善良的老师跟着他,不让他寻短见。

妈妈在湖北的二十年,每星期给哥哥写一封信,只要慢一两天收到妈妈的信,他拆信的手就颤抖着,生怕有什么不祥的消息。妈妈终于叶落归根回到湖南,原本的五年团聚计划变成了二十年。团聚之后,哥哥对妈妈百依百顺,以弥补二十年未能侍奉妈妈的遗憾。

哥哥的形象顽强地占据了我的脑海。被打成黑帮分子,批斗时要给他剃阴阳头,他拿起随身携带一直使用的一把老式剃须刀:"来吧,不要命的就来给我剃!反正我也不想活了!"那次还真的把对方喝退了。在失去当教师的资格时,他全力学习做一个农民。哥哥对那些位居高位者从不阿谀奉承,对背时的人从不落井下石。年轻时耿直,对教育充满热诚,逐渐变得只是束身自好,对教育的迷茫也不向领导反映了,因为这不过是蚍蜉撼大树。

世间没有什么因果报应。许多人只能默默走着善良而不幸的路,最终用淡淡的自嘲或彻底的沉默将人世间的万种无奈都藏进记忆。

## 十六

哥哥一直活在我心里,有事还是和哥哥讲。

哥哥,我膝盖疼了四年多,南昌的医院看遍了。南京、上海、北京、长沙都看过了,医生们毫无办法。万般无奈之下,我要侄媳妇向阳去庙里帮我抽一根签,问问菩萨我的膝盖能不能好。

我把签文抄在一张纸上,一手拿着纸一手拿着哥哥的照片,讲给照片上的哥哥听。

哥哥,你我都不信上帝和菩萨,但我因为膝盖总不得好,想去菩萨那里得到一点慰藉,哪怕是骗骗自己。菩萨讲得很清楚,膝盖不能好了,签文上说:

人生谁能享大年
病入膏肓病难痊
武侯纵有回天术
一阵秋风五丈原

哥哥，这签是针对我讲的，第一句是在安慰我，人生哪能不生一点病就死了呢。第二句直接讲我的膝盖难得痊愈。第三四句是打比方，诸葛亮再怎么厉害，还是病逝在五丈原。哥哥，这签是不是这个意思，我不太懂，你能解释清楚吗？我不得其解，未必真的有菩萨？

我打电话给向阳，谢谢她给我抽了签。

向阳说："姑妈，杨柳怪我没换根好签，让姑妈觉得还有希望，心里会好过些。"

"向阳，我不要换假签，我要接受现实，和疾病相处。我知道杨柳是心疼姑妈。"

我又把签文告诉宽弟，宽弟说："姐姐，这根签不能为凭，去抽签，头天晚上要向菩萨祷告的，向阳肯定没祷告。你去看个专家也要提前预约呢。"

我哈哈一笑："宽弟，我听你的，你讲得有道理。我还是盼着我的膝盖慢慢好吧。"

哥哥，你看，亲人们都疼我，让我抽身不得。

哥哥，我虽然膝盖疼，但还是在写东西，我就是有点喜欢写。我出了三本书，要是哥哥能看到就好了，你会为我高兴的。要是我能亲眼看到你正儿八经坐在书桌前看我的书,我该有多高兴啊。

我在路上遛狗或散步,总会停下来,久久地看着天空,好像哥哥也正在天空俯瞰我,依然关心着我。哥哥,你在天上吗?你过得还好吗?我是如此思念你,今晚托个梦给我吧。

我不知道自己在这人世间还能停留多少日子,人的生死只能顺其自然。我活着的每一天都会想念你,这想念直到我不会想了为止。

## 图书在版编目（CIP）数据

豆子芝麻茶 / 杨本芬著. —广州：广东人民出版社，2023.11（2024.3重印）

ISBN 978-7-218-16950-7

Ⅰ.①豆… Ⅱ.①杨… Ⅲ.①长篇小说—中国—当代 Ⅳ.①I247.5

中国国家版本馆 CIP 数据核字（2023）第176489号

DOUZI ZHIMA CHA
**豆子芝麻茶**

杨本芬　著　　　　　　　　版权所有　翻印必究

出 版 人：肖风华

责任编辑：李幼萍
特约编辑：刘美慧　李　洁
责任校对：李伟为
装帧设计：邡境Lab
责任技编：吴彦斌

出版发行：广东人民出版社
地　　址：广州市越秀区大沙头四马路10号（邮政编码：510199）
电　　话：（020）85716809（总编室）
传　　真：（020）83289585
网　　址：http://www.gdpph.com
印　　刷：三河市中晟雅豪印务有限公司
开　　本：787mm×1092mm　1/32
印　　张：7　　字　　数：100千
版　　次：2023年11月第1版
印　　次：2024年3月第4次印刷
定　　价：39.80元

如发现印装质量问题，影响阅读，请与出版社（020-85716849）联系调换。
售书热线：020-87716172